É TARDE PARA SABER

Livros do autor publicados pela **L&PM** EDITORES

A ferro e fogo I (Tempo de solidão)

A ferro e fogo II (Tempo de guerra)

Depois do último trem

Os tambores silenciosos

É tarde para saber

Dona Anja

Enquanto a noite não chega

O cavalo cego

O gato no escuro

Camilo Mortágua

Um corpo estranho entre nós dois

Garibaldi & Manoela

As muralhas de Jericó

INFANTIS

A casa das quatro luas

Era uma vez um reino encantado

Xerloque da Silva em "O rapto da Doroteia"

Xerloque da Silva em "Os ladrões da meia-noite"

Meu primeiro dragão

A última bruxa

Josué Guimarães

É TARDE PARA SABER

www.lpm.com.br

L&PM POCKET

Coleção **L&PM** POCKET, vol. 332

Texto de acordo com a nova ortografia.

Este livro foi publicado, em 1977, pela L&PM Editores em formato 14x21.
Primeira edição na Coleção **L&PM** POCKET: setembro de 2003
Esta reimpressão: fevereiro de 2020

Capa e ilustrações: Nelson Jungbluth
Revisão: Renato Deitos, Jó Saldanha e Fernanda Lisbôa

G963e Guimarães, Josué, 1921-1986
É tarde para saber / Josué Guimarães – Porto Alegre: L&PM, 2020.
144 p. ; 18 cm. (Coleção L&PM POCKET ; v. 332)

ISBN 978-85-254-1333-8

1.Romances brasileiros. I. Título. II. Série

CDD 869.93
CDU 869.0(81)-3

Catalogação elaborada por Isabel A. Merlo, CRB 10/329

Rua Comendador Coruja 314, loja 9 – Floresta – 90.220-180
Porto Alegre – RS – Brasil / Fone: 51.3225.5777

Pedidos & Depto. Comercial: vendas@lpm.com.br
Fale conosco: info@lpm.com.br
www.lpm.com.br

Impresso no Brasil
Verão de 2020

Sumário

Sombras e dores da ditadura

*Sergius Gonzaga**

Quando Josué Guimarães escreveu *É tarde para saber*, em 1976, o Brasil ainda vivia sob o signo de uma longa ditadura militar que se estendeu por vinte anos (1964-1984). Apesar de seu projeto desenvolvimentista, do crescimento econômico ocorrido, em especial nos primeiros anos da década de 1970, e da unificação definitiva do país através de uma múltipla rede de comunicações (televisão, correios, telefonia), o regime autoritário trouxe consigo um universo de sombras e dores.

A liberdade política aproximava-se do zero. Os sucessivos generais-presidentes eram escolhidos por pouco mais de 100 eleitores que compunham o Alto Comando das Forças Armadas. Os governadores, por seu turno, só podiam sair dos quadros do partido oficial, a Arena. Um único partido de oposição (o MDB) era tolerado, mas não podia chegar ao poder. Quando algum deputado oposicionista formulava uma crítica mais dura ao sistema, seu mandato era imediatamente cassado.

Os jovens de então tinham diante de si um cenário político desolador. Como participar de um jogo de cartas marcadas que apenas legitimava a ditadura? Até 1968 as passeatas e as agitações estudantis funcionaram

* Sergius Gonzaga é professor, editor, especialista em literatura brasileira e grande conhecedor da obra de Josué Guimarães.

como catalisadores da insatisfação juvenil. Milhares de universitários e secundaristas saíam às ruas para protestar. Protestavam contra o autoritarismo militar, mas também contra a rigidez paterna, contra as normas morais, contra a escola, contra os tabus que envolviam o sexo, contra todo um mundo que parecia apodrecido e condenado ao desaparecimento.

Assustados com a rebelião das ruas, os comandantes militares promulgaram, em fins de 1968, o Ato Institucional nº 5, em que se acentuava o poder discricionário do Estado. A censura se abateu sobre todas as atividades intelectuais e artísticas. A imprensa, a tevê, a universidade, o teatro, a música popular passaram a ser estritamente vigiados. O Serviço Nacional de Informações (SNI) orgulhava-se de não haver uma sala de aula no país sem pelo menos um informante, capaz de delatar as vozes dissidentes. Não havia, portanto, nenhum canal de expressão para o descontentamento e a crítica. A saída que muitos estudantes encontraram para se opor ao implacável fechamento do regime foi a guerrilha urbana.

O país viveu então um terrível dilaceramento. Parcelas da população, sobretudo as da classe média, beneficiadas pelos bons resultados econômicos, aderiram à ditadura. Por outro lado, muitas pessoas mantiveram a visão crítica sobre o sistema, tentando reagir dentro dos limites possíveis: uma frase, uma metáfora, um comentário, uma palestra, um voto na oposição consentida ou até uma piada contra os que se autodefiniam como os donos da nação. Centenas de rapazes e moças, no entanto, ultrapassando o medo, a dor, a ameaça da tortura – praticada indiscriminadamente em quartéis e delegacias de polícia –, ultrapassando o próprio horror à morte, fizeram da luta armada a sua situação-limite, o seu enfrentamento radical com o sistema.

Despreparados do ponto de vista militar, sem entender o processo social, cultural e econômico que o Brasil experimentava, sem lideranças capazes ou representativas, sem calcular a força brutal do inimigo, inocentes e, ao mesmo tempo, aventureiros, muitos desses jovens foram fácil e impiedosamente derrotados pelas forças repressivas.

Escrever sobre um deles, como Josué o fez em *É tarde para saber,* exigia coragem e sutileza, porque a ditadura continuava com seu manto assustador de censura, intimidação e controle das existências individuais. Coube também ao escritor, através da figura de Mariana, evocar uma parte da juventude brasileira que se mantinha alienada do que ocorria nos subterrâneos do regime. Fez isso sem acusá-la ou reprová-la. Simplesmente desvelou sua inocente inconsciência, produzindo assim um estranho romance político em que não se discute política.

Por isso, mais do que uma bela história de amor adolescente, mais do que um Romeu e Julieta ambientado no Rio de Janeiro de algumas décadas atrás, mais do que um relato de suspense, esta novela é uma obra da grande tradição realista brasileira e ocidental: uma obra que, simultaneamente, mostra e desmascara o seu tempo histórico.

É TARDE PARA SABER

Epígrafes de
Carlos Drummond de Andrade

[illegible]

[illegible] pelo ruído dos carros na Avenida Atlântica, as buzinas do fim da tarde e o murmúrio de vozes da gente que passeava pelas calçadas e [illegible] das crianças nas brincadeiras de sempre.

I

"Se era noivo, se era virgem,
se era alegre, se era bom,
não sei,
é tarde para saber."

Se dentro de três dias Cássio não telefonasse, ela cerraria as persianas, puxaria as cortinas de renda, esconderia dos seus olhos o mar verde-claro, o azul do céu, a claridade do sol, o voo das gaivotas e transformaria o quarto de brancas paredes numa negra prisão de lágrimas e de desespero. Como estava, sem tirar sequer as sandálias, deitou-se na cama de colcha rosa, sentiu uma enorme vontade de chorar, mas estava lúcida demais para arrancar uma lágrima. Ficou ouvindo o tique-taque do relógio sobre a mesinha de cabeceira e quando viu que os ponteiros estavam a formar uma linha quase reta para assinalar seis horas, ficou atenta à bailarina que sairia de sua guarita e ao som da caixinha de música rodopiaria sobre si mesma, leve como uma pluma. Por fim, o repetido sortilégio aconteceu, a musiquinha se fez ouvir meio abafada pelo ruído dos carros na Avenida Atlântica, as buzinas do fim da tarde e o murmúrio de vozes da gente que passeava pelas calçadas, o riso das crianças nas brincadeiras de sempre.

Sentiu ódio de si própria, naqueles instantes esquecera Cássio, sua lembrança dolorida desvanecera-se com o rodopio da bailarina de porcelana, era como se ele tivesse morrido ou como se ele nunca existira. Fechou os olhos com força, o sorriso triste e misterioso, Cássio de quê? Cássio, simplesmente. Todas as pessoas têm um nome e um sobrenome. Eu não tenho, dizia ele sempre. Sou Cássio. Não basta? Na véspera ele tinha dito isso e parecera ainda mais triste do que nunca. Mariana ainda tentara apertar forte a mão rude, com um vago pressentimento de que ele, um dia, nunca mais voltaria.

Ouviu a voz do pai quando pedia gelo para o seu uísque, qualquer coisa que a mãe lhe respondera, barulho de pés a caminhar, o ruído que a empregada fazia na cozinha distante, e sempre as buzinas lá embaixo.

– Cássio de Tal – ele havia dito –, Mariana de Tal, o resto não interessa. Que mania vocês têm de sobrenome, do *de* antes do sobrenome, os antepassados importantes, as famílias que vêm do tempo do Império, o apartamento na beira do mar, o carrão preto e luzidio com o motorista fardado a abrir a porta aos patrões; isso tudo não passa de perfumaria e você sabe disso e se agarra a essas coisas, sabe, nem você foi feita para mim e nem eu fui feito para as moças que dormem num quarto branco de rendas e de quadros ovalados e que sabem de cor todos os nomes dos perfumes franceses da moda.

Eu não faço questão de nada disso, ela reclamara com voz sumida e sem muita convicção, pois eu até posso provar o que estou dizendo, basta que você me diga vamos embora e só quero tempo para meter numa sacola uma muda de roupa, um par de calças, uma sandália, escova e pasta de dentes e o dinheiro que eu tenho escondido debaixo das roupas numa gaveta da cômoda. O dinheiro é todo seu, eu nunca sei o que fazer com o dinheiro.

Ele costumava alhear-se a meio da conversa, sobrolho carregado, mirava um ponto perdido ou ficava a examinar as unhas, os dedos, a palma da mão, depois regressava de si mesmo e perguntava "você estava dizendo..."

Foram até a esquina, ele com as mãos enfiadas nos bolsos da calça, caminhava sempre mais à frente, Mariana queixava-se, nós parecemos um casal de chineses das velhas histórias, a mulher a seguir o homem, passos miúdos, ar afogueado, afinal por que tanta pressa? Vai tirar o pai da forca ou está fugindo de mim? Ele dissera, acertou, estou fugindo de você. É crime por acaso uma pessoa fugir de outra?

Enquanto o sinal permanecia em vermelho, Mariana ficara sem saber o que dizer, o vizinho do sexto andar passou meio arrastado pelo boxer, quis saber como a mocinha ia de saúde, ela apenas sorriu e tratou de acompanhar Cássio que, resoluto, queria chegar rápido ao outro lado da rua; ela correu e ambos prosseguiram junto à parede. Ele disse, espera aqui, vou comprar cigarros naquele café e desapareceu entre os passantes. Mariana ficou perdida. Ele teria ido mesmo comprar cigarros e voltaria? Cássio fazia sempre assim e depois surgia com o cigarro sempre aceso, olhando desconfiado para os lados, como se uma estranha sombra o perseguisse.

Não perguntava mais se ele tinha uma outra namorada, uma noiva, uma amante. Um dia ela falara nisso e ele ficara irritado, proíbo-lhe de repetir uma coisa dessas, não tenho namorada e nem noiva e nem amante e se tivesse não diria, está ouvindo?, não diria ainda que lhe visse morrer de ciúmes. Ela ficara tão chocada com o proíbo-lhe que o rapaz procurou amenizar, que ela era uma garota tola, mimada, que estava acostumada a que todos fizessem as suas vontades, uma garota que bastava bater palmas para que uma criada entrasse apressada no seu quarto perguntando o que era, que desejava a menina e se ela dissesse, quero o Xá da Pérsia, dentro de cinco minutos entravam porta adentro não só o Xá como toda a sua Corte, os Reis Magos com oferendas, ouro, incenso e mirra e se olhasse pela janela veria sobre Copacabana a estrela que os teria guiado até ali. Ela ficara muito espantada, pois ele dizia as coisas com tanta convicção que depois sonhava com tudo aquilo e assim acontecera naquela noite, quando o Xá da Pérsia e os reis entraram pela janela e sob o turbante dele vira o rosto de Cássio, o seu olhar triste, e os reis tinham a cara de seu pai, do tio e do avô que já havia morrido há anos e agora estava imponente no quadro a óleo dependurado, em tamanho natural, na única parede nua da biblioteca.

Não. Não perguntaria mais se ele tinha namorada e nem amante e nem coisa parecida. Ele voltava sempre depois daquelas pequenas cenas e nunca falava das suas discussões. Às vezes, mas muito raramente, ele se mostrava cordial e descontraído. Convidava-a, vamos tomar um sorvete de limão com banho de chocolate, e parecia um menino quando roía a casquinha de massa e depois acendia logo um cigarro para tirar o gosto danado do sorvete.

Se dentro de três dias Cássio não telefonasse, ela nunca mais abriria as janelas para o mar, fecharia as cortinas como uma mortalha, não abriria a porta mesmo que fosse o pai que estivesse do outro lado. E se em vez do pai autoritário fosse a mãe a implorar chorosa, ela que se arrastava pelos corredores atapetados na sua cadeira de rodas, os longos cabelos loiros derramados pelas espáduas, as maçãs do rosto salientes, os olhos encovados, a voz branda e sumida? Ela diria, só abro a porta para a mamãe, e quando as duas estivessem a sós no quarto em penumbra poderia então chorar nos seus braços e contaria o seu grande segredo, descreveria o namorado desconfiado do qual só sabia o primeiro nome; Cássio, ou Cássio de Tal, como acontecia nos jornais, nas notícias da crônica policial. E a mãe talvez chorasse com ela e nunca a repreenderia, pois era uma débil criatura que sofria calada também, que via o marido entrar e sair de casa sem uma palavra sua, sem uma queixa; que fiscalizava atenta a feitura da sua mala nas repetidas viagens a São Paulo, vou tratar de um negócio muito importante para a companhia, deixei dinheiro no cofre, qualquer coisa telefono, não se preocupem.

Se Cássio não telefonasse ela abriria a porta só para a mãe e a sua silenciosa cadeira de rodas e então contaria a história e diria que estava com uma grande vontade de morrer. A mãe diria, quebre o seu orgulho, telefone para ele, peça que venha, ele deve ser um bom rapaz.

Mas Cássio não tinha telefone e nem endereço e nem sobrenome, costumava desaparecer dias seguidos e depois surgia como por um milagre, caído do céu, as mesmas calças puídas, a camisa xadrez, os cabelos espevitados, o ar desconfiado de sempre, mas deixando entrever no fundo dos olhos uma vontade indômita, qualquer coisa estranha que lhe dizia que ele não era como os outros, alguém que sabia querer as coisas como ninguém, que parecia ter medo dos grandes edifícios envidraçados da Avenida Atlântica e que era capaz de ficar longos e ternos momentos afagando as suas mãos, olhando fundo nos seus olhos e que de vez em quando deixava escapar uma frase qualquer de meridiana verdade, tenho muito receio de perder você; era quando ele despia a carapaça de aço e se mostrava jovem e fraco, humano, inseguro e frágil.

Depois se recompunha num átimo, acendia nervoso um cigarro, franzia a testa e procurava agredi-la brandamente, essas mocinhas de Copacabana são todas iguais, adoram a Zona Sul, compram todos os vestidos das vitrinas, adoram festinhas em coberturas com jardins do Burle Marx, são capazes de passar uma noite inteira a falar de futilidades. Mariana dizia, bem sabe que não sou dessas, mas era quando ele sorria irônico: não tem importância, desculpe, mas acontece que eu acho que as coisas são assim mesmo.

Naquele dia o passeio fora mais curto. Cássio tivera mais um dos seus repentes, alguma coisa muito imperativa parecia chamá-lo por fios invisíveis e mal lhe sobrava tempo para um adeus breve e inopinado, um rápido aceno.

Mariana já estava habituada. Voltou aérea, subiu confusa para o seu refúgio, eram daqueles momentos em que procurava desfazer-se de um mundo que lhe era hostil. Novamente o quarto de paredes brancas, a cama como uma concha.

Ouviu batidas na porta, a voz da empregada que cuidava da mãe e que a ajudava a arrastar a cadeira pela casa toda. Fingiu que dormia, a voz disse que era hora do jantar, que estavam só esperando por ela. Dona Mariana! – ela balbuciou qualquer coisa – o jantar vai ser servido. Depois ouviu o deslizar de rodas no tapete e a voz branda da mãe, estamos só nós, seu pai telefonou para dizer que vai jantar fora, um jantar de negócios. Ela respondeu que ia logo, a empregada se oferecia para empurrar a cadeira.

Levantou-se estremunhada, que horas seriam? Puxou os fios da cortina, levantou a persiana e viu que a noite chegara e que no meio do oceano negro brilhavam as luzes de um grande barco transatlântico e que os carros velozes prosseguiam ininterruptamente, riscando de fogos coloridos o asfalto sombrio lá embaixo.

Iluminou o quarto de banho e viu diante do espelho de cristal um rosto estranho de uma jovem de olhos claros e de profundas olheiras, os cabelos em desalinho, um ar insone e cansado. Sentou-se na banqueta, remexeu nos potes e nos vidros espalhados sobre a pedra-mármore, começou a passar a grande escova nos cabelos, braços adormecidos, se Cássio não telefonar dentro de três dias não abandono mais este quarto, não abro mais as janelas, não saio por aquela porta nem que a mamãe esteja sozinha, que meu pai passe os dias, as semanas e os meses fora de casa.

Então começou a retocar a maquilagem sem pressa, de maneira que se a sua mãe notasse alguma coisa não tivesse motivo nenhum para perguntar o que se passava com ela.

A empregada servia a mesa sem pressa, a mãe comia em silêncio e Mariana volta e meia olhava para o telefone cinza no canto da sala. Do outro lado do fio, talvez numa cabina pública, Cássio estaria tentando uma ligação que poderia resultar numa chamada estridente ali na sala de leves cortinas esverdeadas e onde se ouvia apenas o ruído dos talheres tocando na porcelana dos pratos. A mãe absorta e distante, a cadeira de rodas encaixada na reentrância mandada fazer na mesa, uma espécie de gaveta onde aquela mulher marcada pelo sofrimento fazia as refeições sem muitas palavras, sem quase levantar os olhos para os demais.

Se dentro de três dias, pensou mais uma vez querendo afastar de si aquela ideia: e por que três dias? e não um dia, ou quatro, uma semana? Depositou com cuidado os talheres no prato, disse para a mãe que não queria sobremesa, mais nada, estava com uma leve dor de cabeça, ia recostar-se um pouco. Perguntou se ela não precisava de alguma coisa, saiu devagar ajeitando os cabelos, passou pela empregada e pediu que ela atendesse a sua mãe e ainda lançou um último olhar para o telefone silencioso, e não conseguiu impedir que o pensamento percorresse mais uma vez o fio negro, os milhares de fios das centrais misteriosas e cabalísticas, os telefones negros de toda a cidade onde à frente de um deles deveria estar Cássio indeciso, Mariana, sou eu, Cássio, dentro de meia hora estou na esquina, o amor com ares de clandestino, de proibido, ele sem querer passar pela porta do edifício, como se a caixa de vidro e de mármore fosse um monstro a separar os dois.

Fechou a porta com cuidado, passou o trinco, deixou as sandálias no tapete, despiu a blusa leve e deixou escorregar pelas pernas a saia de linho branco. Foi até a janela espiar a avenida movimentada, a escuridão do mar que se fundia com o céu de fracas estrelas, depois se jogou sobre a cama, de costas, mãos cruzadas sob a cabeça.

Que ideia fazem da vida essas moças da sociedade, a espiar o mundo através das suas cortinas de renda, cegas para tudo o mais, o universo a girar em torno das suas pequenas vidas, indiferentes ao que se passa nas suas próprias calçadas, nos fundos dos seus prédios frios? Cássio a brincar com a pequena caixa de fósforos de papelão, a camisa xadrez desabotoada no peito, o mar diante dos dois, os velhos senhores a passear os seus cães de raça, as sinaleiras alternando as vagas de carros como animais raivosos, as mãos dele, grandes e maltratadas, as sandálias franciscanas gastas no calcanhar. Eu posso dizer que não é bom assim – reclamou Mariana –, deixo tudo, vou com você para qualquer lugar, posso até nem voltar para casa, nem preciso de maleta. E vamos viver de quê? O que você comer eu como, onde dormir eu durmo. Preciso dizer mais?

Nessas ocasiões ele esboçava um imperceptível sorriso de descrença, passava a sua áspera mão sobre a dela, jurava que não tivera a intenção de ferir, mas que ela devia compreender que, se um fora feito para o outro, a vida havia se encarregado de separá-los.

A campainha do telefone soou e Mariana sentou-se de um salto na cama, coração em disparada, um nó na garganta, certa de que se fosse ele a sua voz desapareceria.

Mas ninguém chamou por ela e a casa inteira mergulhou mais uma vez no silêncio.

II

"Tudo somado, devias
precipitar-te – de vez – nas águas.
Estás nu na areia, no vento...
Dorme, meu filho."

Cássio vestia as mesmas roupas surradas, a sandália gasta, mas o seu rosto irradiava uma alegria tão juvenil, tão fresca, que Mariana o via com roupas de príncipe e adiantou-se no convite ao sorvete com cobertura de chocolate, perguntou se ele não havia notado as calças de brim, a blusa bonita de algodão.

– Seu pai não disse nada?

– Nem me viu, ele está em São Paulo.

Quase ia acrescentando, tanto faz, mas o namorado acendia um cigarro protegendo o fogo com a concha das mãos e depois sorriu com amor e a puxou, partindo os dois céleres por entre a gente que emperrava as calçadas, como se fossem dois meninos a correr descalços pelas areias molhadas da beira do mar. Ela estacou ofegante:

– Assim eu morro sem ar, o sorvete não vai fugir.

– Não sei, às vezes eu até fico com medo de que todas as coisas possam fugir, a gente nunca sabe.

Riram os dois e Mariana sentiu que ele passava o braço pela sua cintura, agarrando-a forte, como raramente fazia. Disse com ar sério:

– Você também pode fugir. Ou não pode?

– Que loucura – disse ela segurando a mão que lhe apertava o corpo –, não sou eu que fujo, que desapareço, que não telefono.

– Eu não tenho telefone.

– Em qualquer parte se encontra um, é só querer.

– Não gosto de telefones.

– Ah, essa é uma outra história complicada.

Mariana pediu sorvete de baunilha e ele ficou em dúvida entre o de limão e o de morango. Perguntou se podiam ser os dois sabores, pois queria os dois. Já na calçada, ele disse:

– Vamos cruzar os braços como a gente faz quando bebe à saúde. Você morde um e eu o outro, assim.

– Parecemos dois loucos para essa gente toda.

– Não vejo ninguém – disse Cássio imitando um índio, mão em pala sobre os olhos, fingindo sondar o horizonte. – Eles que tratem das suas vidas, que se danem.

Depois caminharam em direção à praia, pularam para a areia quente e tiraram as sandálias, carregando-as nos dedos; ele disse que prosseguiriam assim mar adentro, caminhariam por cima das águas como Cristo e chegariam às terras africanas e lá se deitariam à sombra das palmeiras, ao lado dos leões, entre girafas, tigres e elefantes.

– Há canibais na África – disse ela.

– Conversa. Há negros, isso sim, mas aqui nós temos negros também.

– Mas não usam lanças e nem arco e flecha. Aqui eles vendem refrescos para os banhistas, lavam carros e trabalham nas construções. Eles aqui são mansos.

– É, aqui eles são mansos, aqui eles fazem mesmo isso que você diz, veja aquele que vem ali, mal pode caminhar de tanto peso que carrega nas costas e nos braços.

O negro de alvos dentes passou por eles, vencendo com dificuldade a areia solta, no peito uma vasilha e lata com letreiros, bermudas e camisas brancas, um desfiado chapéu de palha protegendo-o do sol forte.

Viu quando Cássio mergulhava os pés nas águas baixas que lambiam a praia, gritou nervosa que uma onda mais forte aproximava-se perigosamente e ele só teve tempo de levantar as mãos com o sorvete e com as sandálias, resistindo ao choque da onda que bateu no seu corpo. Cássio deu meia-volta, corria com dificuldade no refluxo, a água salgada a escorrer da cara e das roupas. Mariana ria-se alegre, esperou que ele estivesse mais perto, estendeu a mão, ajudou-o a chegar na areia firme e seca.

– Bonito, você ficou molhado como um pinto.

– E por que é que só os pintos ficam molhados?

– Não sei, a gente sempre diz assim, mas você está mesmo com a cara de um pinto molhado.

Sentaram-se na areia fofa, ele tirou a camisa, arregaçou as pernas das calças, jogou fora o resto de sorvete que ficara salgado e tirou do bolso o maço de cigarros e a caixa de fósforos.

– Estão quase todos molhados – disse ele protegendo a carteira –, vamos ver se dá para salvar algum deles. Olha os fósforos, repare.

Mariana agarrou a carteira, abriu a parte superior, deixou que os cigarros caíssem na palma da mão.

– Estão todos molhados, mas este aqui me parece que ainda se aproveita, está mais seco.

– Vamos ver os fósforos – disse Cássio tentando riscar alguns deles na caixa desfeita e mole.

Por fim jogou-a fora, pegou com carinho o cigarro que Mariana lhe oferecia, olhou em redor, levantou-se e correu na direção de um banhista que passava fumando. Acendeu o seu cigarro úmido e voltou com ar vitorioso.

– A gente sempre consegue o que quer. Agora deixe esses outros ao sol, dentro de minutos estão todos secos e manchados, é claro.

Deitou-se ao comprido, olhos semicerrados pela claridade direta, Mariana passou de leve a mão sobre o seu peito, disse que o sol também secaria a água no corpo dele e as suas roupas.

– Não vai poder sair pelas ruas assim, é preciso esperar.

De certo modo, pensou, era a maneira de prender Cássio por mais tempo a seu lado, ele que era esquivo e que desaparecia, que não telefonava, enquanto ela se enclausurava em casa, entre o desespero de que ele nunca mais retornasse e a esperança de que a qualquer momento soasse a campainha do telefone.

– Eu dizia para mim mesma que você tinha três dias para ligar para mim.

– Senão...

– Não sei, eu sempre dou três dias como prazo para as coisas acontecerem. Quando eu ficava na cama com febre, isso há muitos anos, eu dava três dias para ficar boa. Quando eu pedia qualquer coisa à minha mãe também dava três dias para que ela trouxesse, às vezes bobagens, uma boneca, um jogo qualquer.

– E se passam os três dias e as coisas não acontecem? – perguntou Cássio.

– Sei lá, as coisas acontecem sempre antes disso.

– Foi o que aconteceu comigo?

– Isso mesmo, adivinhou.

– Da próxima vez que eu não puder telefonar e nem aparecer vou aguardar quatro ou cinco dias.

Mariana ouviu alguém chamar pelo seu nome, Cássio levantou a cabeça assustado, duas garotas de biquíni correram para ela, reclamaram por andar sumida nos últimos tempos, uma delas exclamou que só podia ser alguma paixão de capa e espada, das violentas; depois reparou em Cássio deitado ali bem ao lado, sorriu encabulada e acrescentou que se fosse paixão era até muito bom, nem todo o dia se tinha um grande amor. A outra disse que tinha sido muito bom encontrarem com ela, assim não precisaria telefonar, mas queria lembrar o aniversário de sábado, ia ser muito divertido, todos contavam com Mariana, aliás, não só com você, mas que diabo, leve o seu namorado para a gente conhecer também.

Mariana não sabia se apresentava Cássio; ele ficaria furioso, era capaz de brigar, de desaparecer para sempre, tinha medo de arriscar. Disse que telefonaria depois e quando as duas se despediram sentiu um alívio, Cássio tornara a repousar a cabeça na areia, assoprava a fumaça do cigarro bem alto e permaneceu de olhos fechados, sem dizer uma palavra.

– Já sei – lamentou-se Mariana –, você não vai querer ir à festinha, sei que não gosta disso, mas eu juro que não tenho nenhuma vontade de ir, detesto aniversários.

– Faz parte da vida de vocês – disse ele sem abrir os olhos.

– Não sei por que, da nossa vida, como se eu fosse um bicho diferente. Sabe, eu queria mesmo que entrasse na minha vida, você ia ver como somos iguais.

Cássio sentou-se com agilidade, limpou a areia das mãos e dos braços, pegou a mão dela com carinho:

– Desculpe, não foi isso o que eu quis dizer, ou pelo menos não foi bem isso. Mas não sei por que diabo não compreende que eu faço parte de um mundo e você de um outro muito diferente. Não é culpa nossa.

– Porque você quer.

– Não é porque eu queira, não, é porque as coisas são assim e ninguém pode mudar isso de um dia para outro. Eu não moro na Avenida Atlântica, não tenho pai com carro e motorista, nem sequer tenho pai, não tenho dinheiro e nem os meus amigos são como os seus.

– Quantas vezes você quer que eu repita que nada disso importa, que mal vejo o meu pai e que se ele tem carro e motorista é um problema só dele, posso muito bem andar a pé ou de ônibus.

– A gente sempre diz assim mas depois sente falta e chega um dia em que as pessoas não suportam viver sem aquilo que antes julgavam dispensável. Mas aí já é tarde.

– Vai repetir que nós não fomos feitos um para o outro, esse negócio de classes e não sei mais o quê.

Cássio fez uma careta, disse que ela devia esperar pelas suas respostas e que não ficasse ali a querer adivinhar.

– E daí? – reclamou Mariana, séria – E se isso fosse verdade? Há coisas que a gente pode mudar, desde que se queira.

– Nem tudo.

– Você não gosta de mim – choramingou ela.

– Lhe adoro, minha querida.

– E por que desaparece dias e dias, não deixa um recado, um aviso, um sinal? Podíamos combinar uns sinais como os índios fazem. Por exemplo, um lugar certo para deixar uma caixa de fósforos vazia. Isso queria dizer que não ias aparecer naquele dia. Uma caixa de fósforos cheia queria dizer que a gente se encontraria aqui ou ali, numa esquina, na frente da sorveteria. Um risco de giz num poste, um chicle na parede...

– Não gosto de chicle.

– Bem, você não ia morrer envenenado se mascasse um só para deixar um aviso.

O rapaz levantou-se, examinou as calças, abriu a camisa com gesto de toureiro manejando a capa, notou que Mariana calara, amuada.

– Essa ideia de sinais é muito boa – disse ele. – Prometo fazer um esquema completo, cada dia um sinal diferente, cada aviso com um significado especial, bem claro.

– Foi mesmo uma boa ideia? – perguntou ela, desconfiada.

– Ótima, vamos criar um código só para nós. Agora vamos lá para a calçada limpar essa areia miserável que está me deixando com uma sensação de sujeira. Aliás – apontou para a perna da calça –, esta aqui pode ficar limpa, mas vai continuar puída para o resto da vida.

Mariana perguntou quando era mesmo o dia dos seus anos e ele respondeu que não sabia ao certo, mas que era um dia em que ele não costumava aceitar calça nova e nem qualquer outro presente.

– Nem um presente que eu desse?

– Presente a gente deve dar aos pobres. E eu sou tremendamente rico. Não sabia?

Riram juntos, Mariana disse que ele era muito orgulhoso e que se não ficasse magoado ia confessar que já havia comprado umas calças de brim. Diante do ar espantado que ele fez, Mariana acrescentou apressada:

– Comprei numa liquidação porque achei que ia ficar muito bem no meu amor. Não aceita?

Cássio pensou um pouco, passou novamente o braço em torno da sua cintura e começaram a caminhar pela calçada preto e branco com desenho formando ondas.

– Aceito, outro dia você me dá.

Mariana apertou a sua mão, disse que tinha certeza que ele ia aceitar, que ninguém poderia imaginar o quanto se sentia feliz, afinal até mesmo o orgulho das pessoas teimosas tinha um limite. Disse com ar zombeteiro:

– Um par de calças, com amor!

Ele parou repentinamente, queria saber as horas, disse que devia ir embora, tinha um compromisso para antes das duas, o tempo havia passado sem que houvesse notado.

– Pela parte que me toca, muito obrigada – disse Mariana com ar importante.

– Bobagem, isso não fica bem entre duas pessoas adultas e sensatas.

– E agora?

– Agora o quê? – perguntou ele intrigado.

– Não combinamos nenhum sinal, nenhuma marca, assim até os índios perdem a pista.

– Ah, os sinais – disse ele. – Bem, vou fazer um esquema, sabe como é, pode ser um esquema simples, um código sem grandes complicações e na próxima vez tudo se arranja.

Desprendeu-se de suas mãos, fez um sinal de adeus e atravessou a correr a faixa trilhada pelos carros velozes, esquivando-se afoitamente. Mariana ainda viu quando ele tentava atravessar sem olhar para trás.

Retornou devagar, sacudindo os pés para tirar a areia das sandálias, pensou na calça que guardara na gaveta da cômoda, decidiu comprar naquela tarde uma camisa que vira numa vitrina da Avenida Nossa Senhora de Copacabana, uma camisa vermelha, cor de vinho, que iria ficar muito bem com a cor da pele do namorado.

Ele aceitaria os dois presentes, e se ela tivesse a habilidade de não demonstrar muita vontade os dois poderiam ir juntos ao aniversário de sábado.

III

"Sempre no meu amor a noite rompe.
Sempre dentro de mim meu inimigo.
E sempre no meu sempre a mesma ausência."

Mariana acomodara-se num sofá de canto, a grande sala fervia de jovens, a varanda ajardinada deixava descortinar o Pão de Açúcar, a Urca e a mancha escura da enseada de Botafogo pontilhada de barcos brancos a dormitarem sob o céu estrelado.

A música estridente misturava-se com o ruído de vozes e risos, uma parte da sala servia de tablado para uma dança frenética de vários casais entusiasmados, enquanto numerosos outros buscavam os recantos mais tranquilos para namorar isolados do burburinho e dos olhares indiscretos de algumas senhoras que se limitavam a apreciar, deleitadas, a festa.

Cássio não telefonara, não fora buscar os presentes e nem levara o código prometido para marcar os encontros. Ela revia agora os dois pacotes embrulhados em papel colorido, escamoteados no guarda-vestidos; imaginou o namorado ali a seu lado, a discreta camisa esporte aberta ao peito, a sua nervosa maneira de fumar, o sorriso irônico diante das coisas que lhe desagradavam. Lembrou-se da frase isso faz parte da vida de vocês e sentiu-se mal ao reconhecer que, no fundo, ele estava cheio de razão, ela se movia naquele aquário como um peixe dourado, Cássio estaria ali como um ouriço-do-mar, agressivo e indócil, a buscar uma furna qualquer onde se enfiar.

Ela diria, a gente precisa conviver, repara, são iguais a nós e quando se tem a mesma idade dos outros o mundo termina sendo igual para todos. Cássio diria que estava sentindo muito calor, pediria para fugirem, quem sabe a varanda com folhagens, descer para a calçada banhada de fresca aragem, um passeio sem destino sob os lampiões escondidos entre os ramos das amendoeiras, entre vagabundos e prostitutas que acenavam para os carros que desfilavam lerdos junto às calçadas. Ele diria que o mundo não era um só e a prova estava na noite nebulosa dos que perambulavam longe dos salões, das luzes e daquela música estridente que inculcava um frenesi de loucura ou de droga nas pessoas.

Imaginou que ele estaria num apartamento qualquer, numa rua qualquer de um bairro qualquer, debruçado sobre uma mesa mal iluminada, traçando sinais e símbolos em folhas e mais folhas de papel, anotando o esquema secretíssimo de encontros e avisos, à moda dos índios, dos caçadores e dos perdidos.

Desculpou-se quando uma das amigas lhe disse que havia alguém tentando convidá-la para dançar; diz a esse alguém que estou morrendo de dor de cabeça. Pediu um refrigerante para o garçom que passava e bateu com a sua taça na taça hipotética que estaria presa entre os dedos de Cássio, ao nosso amor; mas depois pensou que o mais certo seria: ao nosso grande amor clandestino.

Quem era o rapaz que estava com você outro dia na praia? Era uma das amigas que os havia surpreendido naquele momento em que ele estava deitado na areia, fumando um cigarro meio molhado, depois de tentar atravessar o oceano e emergir na África. O rapaz que estava na praia? Não me lembro bem, devia ser um colega de turma, um vizinho, mas isso não tem nenhuma importância. A outra disse, ele me pareceu um tanto selvagem. Sim, Cássio era exatamente um tipo assim, selvagem como um potro. Agarrou-se à ideia. Cássio, um selvagem perdido no asfalto de Copacabana, esquivo e intempestivo, misterioso e imprevisível, indomesticável como uma raposa, eriçado como um lobo. Cássio, o selvagem. Diria isso a ele no próximo encontro. Mas quando seria o próximo encontro? Ele havia dito que o seu prazo costumeiro de três dias não significava nada e que no futuro desapareceria por mais de quatro dias. Quem sabe cinco. Ela ficaria trancada no seu quarto a espiar pelas frestas da veneziana? Permaneceria atenta, minuto a minuto, à campainha do telefone? Um risco de giz num ponto qualquer, um chicle preso na parede, uma caixa de fósforos vazia a significar que ele não viria naquele dia. Uma caixa cheia: encontro na mesma tarde, a tal hora, em tal lugar. Poderia ser numa das cadeiras de calçada do bar na esquina da Rua Xavier da Silveira, na mesa mais escondida, sob a marquise, atrás dos grandes vasos de folhagem.

Foi quando as luzes se apagaram, houve gritos nervosos, os que namoravam na varanda entraram atropelando-se; alguém surgiu numa das portas internas carregando um imenso bolo com velas acesas; bateram palmas, a aniversariante foi levada para o primeiro plano, junto à mesa, Mariana viu-se carregada pela confusão. Parabéns a você; mas que dia mesmo era o aniversário de Cássio? Ele devia ser de Capricórnio. Então ela daria os dois pacotes envoltos em papel festivo e esperaria que ele abrisse os presentes e suspendesse a camisa de um vermelho fechado à altura do peito e sorrisse sem jeito a perguntar se a medida era mesmo a sua. Depois faria o mesmo com as calças de brim, apertaria a sua mão em sinal de agradecimento pelas lembranças e chegou a sentir os seus lábios a beijar-lhe a face, muito de leve, tímido. Muitos anos de vida, esganiçou o coral desafinado, seguido dos vivas e gritos, palmas e abraços, o retorno das luzes e a sua própria volta apressada ao sofá de canto.

Sim, ele devia ser Capricórnio. Depois achou que não, seu pai era Capricórnio e eles eram tão diferentes, água e azeite que não se misturariam nunca. Preferiu que fosse Sagitário, ou Leão. Sua mãe era Gêmeos. Associou, sem querer, a mãe à cadeira de rodas; as gêmeas a espreitarem o ruído da chave rodando na fechadura da porta da rua, nas horas mortas em que o pai chegava; as gêmeas cuidando o seu sono nas longas noites de febre, nas antigas noites de menina.

A mãe falava *nele*, nunca lhe perguntara pelo nome da voz que telefonava e dizia algumas breves palavras. As duas, a mãe e a cadeira de rodas, surgiam na porta do quarto e então ela se limitava a apontar o aparelho da cabeceira e fazer meia-volta para recolocar o fone no da sala grande. A mãe que parecia haver assinado um pacto de mistério e de discrição com a filha, com a premonição de que ela estivesse a sofrer mais do que amasse; sem fazer perguntas e nem dar conselhos, tudo muito natural para quem não passava de uma sombra dentro de casa.

Uma empregada de vestido negro e avental branco aproximou-se dela e informou que o seu carro já estava lá embaixo, às ordens. Que horas seriam? Duas e meia, três horas. Alguém repetiu por perto que estava na hora de ir, precisava levantar cedo, devia subir para Petrópolis. A música havia diminuído de volume, já quase ninguém dançava, Mariana vislumbrou os casais abraçados na varanda, uma mocinha loira, de longos cabelos caídos nas costas, era aprisionada contra uma coluna por um rapaz de espáduas largas, num longo e cinematográfico beijo.

No carro, janela de vidro arriado, a ventania fresca da noite embaraçando os seus cabelos desfeitos, imaginou Cássio ali junto dela, mãos entrelaçadas, a dizer que o esquema de avisos estava pronto: uma cruz de giz na parede queria dizer que o encontro estava marcado para aquela mesma tarde, seis horas, numa das vitrinas da Galeria Menescal; um círculo traçado no mesmo lugar queria dizer que naquele dia seria impossível, o remédio seria aguardar um novo sinal no dia seguinte.

Então viu, quando o carro entrava na Avenida Atlântica, o facho poderoso de luz de um dos holofotes do Forte de Copacabana riscando o céu e explodindo contra as nuvens baixas que prenunciavam um dia de pouco ou nenhum sol. Mas a luz desapareceu logo a seguir e ela se perguntou quem estaria àquela hora da madrugada a manejar o facho de luz, talvez um soldado de guarda mandando um sinal de amor para alguém que cuidava do céu numa ruazinha modesta de Madureira e que o sinal estaria a transmitir uma mensagem cifrada, estou vivo, penso em você, eu lhe amo.

Cássio podia estar numa janela perdida na cidade imensa, insone, vira também a fantasmagoria naquele exato momento e assim formara-se entre os dois um elo, uma ponte, o sinal que não haviam combinado e que nem faria parte do esquema.

O motorista, em geral silencioso, disse, nunca vi as luzes do Forte a essas horas da noite. Ela pronunciou um pois é em tom irritado, porque ele havia partido a invisível corrente, como se alguma coisa se tivesse quebrado inesperadamente, assim quando nos cai das mãos uma rara taça de cristal.

Passou pela porta do quarto dos pais, ouviu a voz sumida da mãe perguntando se tudo havia corrido bem. Ela respondeu quase inaudível que sim e fechou-se no seu pequeno mundo.

Abriu o armário, tirou dele os dois pacotes coloridos, ajeitou os cordéis largos, alisou as dobras, recolocando-os no mesmo lugar. Desejou ardentemente que o sono pesado da manhã que se avizinhava fosse interrompido pelo tinir do telefone; que a voz de Cássio se fizesse presente e mesmo que aquelas nuvens se transformassem em chuva o seu quarto ficaria iluminado como nos ofuscantes dias de sol.

IV

"...articulando os bichos e suas visões, o mundo e seus problemas,
imagina o rei com suas angústias, o pobre com seus dilemas,
imagina uma ordem nova; ainda que uma nova desordem, não será bela?"

Primeiro lhe pareceu o ruído de chuveiro, mas depois constatou que era o respingar de água nas persianas. Chovia e Mariana não imaginava que horas fossem. Lembrou-se da inexplicável luz projetada do Forte de Copacabana contra o céu escuro e as nuvens baixas, em plena madrugada. Um só facho que se movera como um grande ponteiro de relógio. O sinal de um jovem soldado para a namorada que ficara em vigília numa distante janela de subúrbio. Se Cássio fosse soldado e servisse no Forte combinaria com ele um encontro luminoso todas as noites. Ele poderia jogar o luzeiro poderoso contra a sua janela e o facho iluminaria as paredes brancas de seu quarto e seria assim como uma mensagem cabalística a dizer, estou vivo, eu lhe amo. E ninguém saberia jamais o que significaria a luz naquelas madrugadas todas e se chovesse a luz atravessaria a cortina de gotas e irisaria no ar uma estrada fluida que ligaria um ao outro.

O relógio de cabeceira marcava onze horas. Mariana sentia uma leve dor de cabeça. Cássio desaparecera havia quantos dias? Mais forte se fazia ouvir o ronco dos motores e a estridência das buzinas, o angustiante som da sirena de um carro de polícia e ainda o esbater de grandes ondas na praia. Perscrutou os ruídos da casa e ouviu o tinir de louças e imaginou que seria a mãe a tomar a sua taça de chá com torradas, embutida na mesa grande. O pai estava em casa, o que achou estranho.

Levantou-se e abriu uma pequena fresta na porta, tornou a deitar-se, agora com o corpo apoiado na alta cabeceira da cama de latão. Sua mãe dissera qualquer coisa imperceptível, mas o pai não sabia dosar o tom de voz. Dá no mesmo uma moça de dezoito anos chegar em casa altas horas da madrugada e não se deve dizer nada, é como se fosse um rapaz ou alguém que pelo menos não tenha pai nem mãe. Cabe a você conversar com ela, dizer o que está certo ou o que está errado. Gritou pela empregada, queria café. A mãe ainda falara algumas coisas mais, sempre inaudível, e novamente o pai: e quem é esse namorado, afinal? Se você não fala, falo eu, é muito cedo para isso e depois não há de ser com o primeiro que passe pela porta, uma gente que não se sabe de onde vem e nem para onde vai. Falo eu, então. A mãe falou um pouco mais alto, o que demonstrava estar irritada. Fale em tom mais baixo, por favor modere-se. Não tenho por que falar mais baixo, estou na minha casa e não admito que me façam advertências, como se eu não estivesse falando com moderação, e concluiu batendo violento em qualquer coisa, talvez na mesa, ou num móvel da sala. E, coisa extremamente rara, a mãe elevou a voz: estou cansada das suas grosserias, da sua arrogância, não quero ouvir mais nada, não estamos na mesa de reuniões da sua empresa.

Depois de um breve silêncio que levara Mariana a retornar à porta, ouvido atento, a sua mãe prosseguiu: há quantos dias não vê Mariana? Há quantas semanas, quantos meses? São Paulo, Belo Horizonte, Salvador, Recife, Porto Alegre; por acaso pode me mostrar as passagens aéreas usadas? Quantas madrugadas fico eu a esperar por alguém que não chega? Passou pela sua cabeça algum dia que essa menina de dezoito anos poderia precisar de um conselho, de uma ajuda, de uma palavra qualquer? Ora, convenhamos, termine logo esse café porque hoje deve haver novas e importantes reuniões de negócios. Faça o favor, deixe Mariana comigo.

O pai não disse mais nada, mas devia ter empurrado a xícara de café e afastado a cadeira sobre o tapete, saindo resoluto da sala, o tempo suficiente para Mariana fechar a porta com cuidado e retornar à cama com o coração batendo forte.

A pequena bailarina do relógio de cabeceira saiu de sua casinha, deu os passos de dança de praxe e retornou ao seu ninho de rendas. A música distraiu por instantes os ruídos de dentro de casa, os motores e as buzinas da larga avenida lá embaixo. Quando a maçaneta da porta rodou, Mariana fechou os olhos como se dormisse, sentiu o roçar das rodas da cadeira no tapete e a voz tênue da mãe mandando a criada colocar a bandeja de café sobre a mesinha auxiliar.

Abriu lentamente os olhos quando a mão dela deslizava por seus cabelos, carinhosamente, a voz que perguntou se podia acender a lâmpada de cabeceira, a luz suave que banhou de claridade o quarto branco e acolhedor.

– Chove bastante.

– Estou ouvindo – disse Mariana a perscrutar o rosto macerado da mãe, sua fisionomia tensa, as mãos crispadas segurando os braços da cadeira. – Vou tomar um banho bem morno para tirar o sono; acho que dormi muito.

– Ele não telefonou – disse a mãe tirando fios invisíveis da blusa de seda crua.

– Eu sei, acho até que ele não vai telefonar mais. Ele deve ter uma outra namorada, alguma moça de seu bairro, gente de sua classe, como diz o papai.

– Não se preocupe com o que ele diz.

– Eu ouvi a discussão de vocês – fez uma pausa rápida. – Sabe, mamãe, não vale a pena discutir, isso não melhora e nem piora as coisas.

Notou que a mãe ficara sombria e temeu que ela fosse desmanchar-se em pranto ou que fosse aproveitar a brecha para desabafar as suas mágoas reprimidas havia tantos anos, mas preferia sinceramente que não fosse naquele momento, naquela hora, estava ainda meio aérea, incapaz de resistir a qualquer cena.

– Eu casei com um homem da minha classe – disse a mãe com voz sumida, tentando ganhar naturalidade. –Tens o direto de escolher alguém seja onde for.

Fez a cadeira girar sobre si mesma, encaminhou-se para a porta, Mariana apressou-se a abri-la, ajudou a dar impulso à cadeira, esperou que a empregada viesse tomar conta dela e retornou confusa e atordoada, disposta a jogar-se novamente na cama, esconder o rosto entre as mãos e esperar que as ideias lhe ficassem mais claras. Mas preferiu abrir o chuveiro, temperar a água e meter-se sob uma chuva igual à que caia lá fora, que tudo lavava.

Então pensou que os sinais de giz nos postes ou nas portaladas não serviriam como aviso, pois uma chuva daquelas faria com que os sinais desaparecessem e os contatos estariam novamente cortados. Deveriam descobrir algo que resistisse à água, ou ao vento, ou à rapina dos eventuais passantes. Um risco de tinta, não, um risco de lápis-cera numa reentrância da parede, no vinco de uma coluna, na base de um banco de pedra à beira-mar. Acertarem quatro pontos diferentes de encontro. Na penúltima fila de poltronas de um cinema, na sessão das seis horas da tarde. Na mesa mais discreta de uma confeitaria. No balcão de uma lanchonete qualquer onde as pessoas podem ficar horas tomando sucos de fruta. Numa galeria cheia de vitrinas e de luzes. No interior de um supermercado, onde se pode calcular sem pressa entre as prateleiras, empurrando com vagar um carrinho onde algumas coisas fossem jogadas dentro dele. Mas esperaria pelo esquema de Cássio, os homens têm mais habilidade para inventar sinais e avisos, esquemas e códigos.

A chuva morna que lhe empapava os cabelos era como uma espécie de muro entre ela e o mundo. Mas as frases do pai martelavam-lhe os ouvidos: uma gente que não se sabe de onde vem e nem para onde vai; falo eu, então. De onde teria vindo Cássio?, pensou Mariana. Para onde iria Cássio?, perguntaria isso para ele a fim de poder responder ao pai quando fosse interpelada. O pai se daria por satisfeito se ouvisse de sua própria boca que o nome dele era Cássio... digamos, de Azevedo. Ou Cássio Martins. Quem sabe um nome mais tradicional: Cássio de Almeida Prado. Ou Cássio Guinle, sim, Guinle, para que o pai não tivesse mais dúvidas e nem lhe perguntasse mais nada, para que o pai pudesse sorrir orgulhoso entre os seus amigos das altas finanças, a minha filha vai casar-se com um Guinle, e isso faria com que muitos outros negócios fossem fechados num abrir e fechar de olhos. Imagine: casar-se com um Guinle!

Mas ficou apreensiva sob a água morna que escorria pelo rosto e pelo corpo todo: e se fosse apenas Cássio Silva, ou Cássio Dias, ou ainda Cássio dos Santos? E por que não dizer logo ao pai definitivamente, seu nome é Cássio e isso para mim é o bastante?

Pensou em chorar um pouco, desabafar enquanto o chuveiro escorria forte, quando as lágrimas poderiam ser lavadas com facilidade e no seu rosto não restaria a marca visível do pranto, como a chuva que caía lá fora e que estava a ser absorvida pela imensidão de água salgada do mar. Diria ao namorado no próximo encontro – e haveria mesmo um próximo encontro? – que estava disposta a fugir de casa, a fugir dos pais, daquele quarto de paredes brancas e fugir de todas as rendas que envolviam a sua cama, o penteador de múltiplos espelhos, a banqueta laqueada, o guarda-vestidos estofado de coisas que ela não queria mais vestir. Dali para a frente andaria sempre de calças de brim azul com blusas de algodão estampado, sandálias abertas e cabelos escorridos. Teria sempre o rosto lavado e seco e as unhas rentes e opacas, deitaria fora a batelada de potes de creme, bisnagas, vidros e latas que entulhavam inúteis o penteador.

Diria a Cássio – mas quando afinal ele telefonaria para marcar um novo encontro? – que estava disposta a deixar tudo aquilo para trás, o conforto da casa e todas as empregadas, o automóvel e o motorista, para viver com ele num apartamento de quarto e sala, ou de uma sala única onde tivessem a um canto uma pequena mesa redonda para os dois e largado no chão um colchão qualquer sempre com o lençol à mostra e com os travesseiros amarfanhados e na cozinha – podia ser um armário com uma pia e um fogão de duas bocas, servia para eles – meia dúzia de apetrechos, o imprescindível para o cozimento de um arroz simples, um ovo frito ou ainda apenas pedaços de pão de forma para entre duas fatias meter pedaços de carne frita. Tinha uma conta no banco, daria para um ano se soubessem economizar, há muito que não preenchia um cheque para sacar meia dúzia de tostões. Mentira, pensou, usara dois deles para comprar os presentes que estavam escondidos no armário, mas aquilo fora tão pouco que não fizera nenhuma diferença no total.

Cássio aceitaria? Era gostoso pensar que sim, mas alguma coisa batia um sino dentro da sua cabeça e dizia que o namorado ia dizer *não*; ficaria até zangado, era capaz de desaparecer para sempre aquele bicho do mato.

Enquanto passava a toalha no corpo, devagar e com uma certa volúpia, tentou reconstituir diante dos seus olhos o rosto dele, o cabelo maltratado, a camisa xadrez barata, as suas mãos grandes e ásperas. Cinco dias? Seis dias? Onde andaria ele naquele momento? Imaginou-o a fugir da chuva forte, atravessando as ruas a correr. Era sempre assim quando pensava nele:

alguém que fugia de alguma coisa, que temia algo que ela não conseguia saber bem do que se tratava; alguém que parecia ter medo do mundo, das pessoas e das coisas. Um animal de selva perdido no asfalto, em busca de árvores naquele emaranhado de cimento e a fugir dos temíveis reverberos de sol quando batia nas esquadrias de vidro das janelas e das fachadas.

Sentiu que a mãe aproximava-se da porta e ouviu que batia com o nó dos dedos na madeira pintada. Acabava de enfiar um vestido, abotoou-se, alisou os cabelos úmidos.

– Abra!

Mas ouviu apenas a voz sumida e levemente emocionada da mãe, na qual descobriu uma recôndita alegria:

– Telefone para você.

V

"Com o tempo, a esperança
e seus maquinismos,
outra mão virá
pura – transparente –
colar-se a meu braço."

– Que houve com o meu amor?

Cássio estava com a mesma roupa de sempre, mas amarrotada e suja, tinha as mãos esfoladas e um pedaço de esparadrapo sem cor amarrado num dedo. Estavam num café de banhistas, numa mesa de tampo de mármore negro e rachado, havia algazarra no comprido balcão e um rapaz veio perguntar o que queriam.

– Um guaraná – pediu Cássio sem levantar os olhos.

Ela disse que não queria nada, olhava angustiada para a sua cara encovada, queria saber o que acontecera, afinal o que se passara.

– Pelo amor de Deus, houve alguma coisa; cinco dias, seis, sem telefonar, sem um olá pelo menos, olhe aí a sua camisa, você está muito machucado?

O garçom voltou com uma garrafa pequena e dois copos, dividiu a bebida da melhor maneira que pôde, Cássio pegou de seu copo, levantou-o à meia altura:

– Ao nosso amor!

Mariana fez o mesmo, repetiu o brinde como quem faz uma prece, confessou que se ele se obstinasse a não dizer nada era bem possível que ela começasse a chorar, e logo ali, na frente de toda aquela gente desconhecida; morreria de vergonha.

– Que é isso, Mariana, não houve nada, um acidente – passou a mão ferida pelos cabelos revoltos, sorriu desajeitado –, essas coisas acontecem às melhores famílias, o que não é o meu caso, evidentemente.

– Não me parece acidente.

– E que sabe você de acidentes? Há várias formas de acidentes, esta que me aconteceu foi uma. Sabe, um sujeito passou por mim e disse, você está namorando uma menina que não é para o seu bico, por que não procura gente da sua laia, e eu fui para cima dele e quebrei-lhe a cara e ele me deixou umas marcas para servirem de testemunha que briguei por sua causa.

Mariana olhava-o descrente, com ar irônico.

– Está bem, não houve nada disso. Digamos que houve uma coisa muito diferente, um velho amigo que de repente faz uma sujeira, chega-se às vias de fato como qualquer moleque de rua, briga-se e aqui está a prova de tudo o que eu digo. Já sei, você não acredita numa palavra do que eu digo.

Bebeu todo o guaraná do copo, espiou por cima do ombro dela para a porta, passou a mão na camisa:

– Você tem toda a razão, eu devia pelo menos ter mudado a camisa, mas não tive tempo, eu precisava encontrar você ainda hoje, talvez eu precise fazer uma viagem, não sei, coisa perto, é só ir e voltar, ou quem sabe nem precise mesmo viajar, ainda não estou certo.

Mariana passava os dedos na borda do copo grosso:

– Eu queria trazer os *seus presentes*, mas saí tão nervosa que nem me lembrei, foi tudo muito em cima da hora. Eles estão escondidos debaixo das minhas roupas, eu podia sair agora e ir buscá-los, em cinco minutos faço isso. Pode me esperar um pouco?

– Não, deixe para outro dia, eu ainda tenho roupa para mudar, mas sabe como são essas coisas, não houve tempo para nada, telefonei e aqui estou feito um mendigo ou um vagabundo, são essas coisas.

– Que essas coisas, por Deus?

– Essas coisas, depois eu conto.

– Alguma encrenca? Meu pai tem advogados, eu posso falar com um deles, telefono hoje mesmo, vamos lá.

Cássio sorriu triste; não era nenhum caso para advogado meter o nariz, ainda menos os advogados do seu pai. Depois ficou algum tempo rodando com a ponta do dedo indicador na borda grossa do copo, como as pessoas fazem com as taças de cristal para obter sons estridentes. Disse em voz baixa e aparentemente inexpressiva:

– Acho que a gente não devia se encontrar mais, é muito perigoso para você.

– Perigoso para mim? Por quê?

– Sabe como é, a sua família é muito importante e quando seu pai souber que eu não sou ninguém vai botar o céu abaixo, vai ameaçar, gritar, esbravejar, eu conheço esse tipo de pessoas, eles só enxergam os seus negócios, o dinheiro que entra, o futuro rico para a filha única.

– Já tive uma conversa com mamãe sobre isso, ela é de opinião que eu devo fazer aquilo que julgar melhor para mim, que eu é que sei qual o futuro que desejo.

– Acho que a sua mãe deve ser uma criatura extraordinária, uma grande mulher, mas isso não altera nada. O raio pode muito bem cair em cima das duas e, palavra de honra, eu não mereço que um raio caia em cima de um cachorro na rua, não é modéstia, é a verdade. Acho até que um dia, mais cedo ou mais tarde, você vai me dar inteira razão. Mariana, minha querida, eu não mereço.

O garçom veio saber se queriam algo mais, Cássio pediu outro guaraná, mas que fosse bem gelado, e perguntou se ela não preferia outra coisa. Mariana disse que não, esperou que o rapaz se afastasse e retornou à conversa:

– Você hoje veio disposto a só dizer criancices. Pois saiba que estou disposta a ir com você agora mesmo, apesar de toda essa história boba, é só me dar tempo para ir apanhar os presentes e nada mais. Faço questão de buscar os presentes, só isso.

– Até que parece dia do meu aniversário. Sabe, vou fazer uma revelação sensacional: se você esperasse uns vinte e poucos dias acertaria em cheio. Mas vinte dias custam muito a passar, eu sei como é.

– Eu disse que estou disposta a ir com você agora mesmo.

– Ouvi muito bem, mas isso é impossível. Palavra de honra que isso é impossível.

– Há uma outra – disse ela desviando o rosto.

– Não, não há nenhuma outra e você sabe disso tão bem como eu. Acontece que eu não sei explicar, não sei como dizer as coisas, quem sabe um dia lhe mando uma carta, um bilhete, um recado.

– É uma despedida?

– Não. Mesmo porque eu detesto despedidas, mas tenho as minhas razões.

Despejou a bebida nos copos, cuidando para que ambos ficassem com o líquido no mesmo nível, disse que queria levantar um brinde mais:

– Ao nosso amor!

Ela retribuiu de voz embargada, Cássio pediu que ela não chorasse, afinal ninguém havia falado em despedida a não ser ela mesma, estava dramatizando as coisas.

– De que cor é a camisa? – perguntou ele tentando mudar de assunto.

– Ah, a camisa? Bem, é uma camisa como as outras. É de uma cor que vai ficar muito bem em você. Posso ir em casa buscar os presentes?

– Não, outro dia.

– Que falta de curiosidade!

– É que estou muito cansado, dormi quase nada esta noite, houve aquelas complicações que eu já falei para você, nada de maior comigo, mas a gente sempre termina se envolvendo nas complicações dos outros.

– É verdade que foi com um amigo?

– Isso mesmo, com um velho amigo. Mas agora vamos mudar de assunto, não se fala mais nisso, é como dizia a minha avó, águas passadas não movem moinho; eu não entendia o que ela queria dizer, para mim os moinhos nunca haviam sido movidos a água.

– Uma coisa assim parecida com o que li, uma vez, num livro sobre índios. O cacique, em determinado momento, disse para o filho que a gente nunca lava as mãos na mesma água de um rio. Claro, pensei, sempre que a gente enfia a mão num rio a água já não é a mesma, pois corre sem parar. Acho que as duas coisas querem dizer o mesmo.

– Também acho, sempre gostei de histórias de índio.

– E eu de histórias policiais, mas não leio muitas, pelo menos ultimamente, mas gosto também de poesia.

– Então me conte como foi a festa de aniversário lá no Morro da Viúva, com quantos rapazes você dançou, quantos namorou, sou capaz de jurar que era a moça mais bonita de toda a festa.

– Ficou com ciúmes?

– Morrendo de ciúmes.

– Pois não dancei com ninguém, fiquei a noite toda sentada num canto como uma velha e foi um alívio quando o motorista chegou para me levar para casa. Mas vou lhe contar uma coisa engraçada que me aconteceu à saída do aniversário, o carro acabava de entrar na Avenida Atlântica quando eu vi um facho luminoso saindo do Forte de Copacabana e varrendo o céu nublado, imagine, àquela hora da madrugada; acendeu uma só vez e eu fiquei a imaginar que talvez fosse um aviso ou um sinal dado por um soldadinho apaixonado para a sua namorada num bairro qualquer da cidade. Podia ser, não acha?

– Um facho luminoso? Não acredito que um soldado pudesse ter essa ideia, mas seria muito bonito se tivesse. Aliás, esse tipo de sinal não consta e nem poderá constar no nosso esquema, pois seria muito difícil entrar no Forte de madrugada para acender o holofote.

– Pensei que tivesse esquecido o nosso esquema. Ainda hoje de manhã pensei em muitos avisos, mas você já deve ter bolado uns infernais.

Cássio levantou-se um pouco da cadeira, remexeu num dos bolsos da calça e tirou lá de dentro um papel amarfanhado, de bloco colegial, alisou-o sobre o mármore da mesa, havia nele muitas garatujas escritas e desenhadas, símbolos e cruzes.

– Desculpe, mas foi o único papel que havia à mão e o lápis estava rombudo, um lápis que encontrei por acaso marcando as páginas de um livro.

– Que livro?

– Não me lembro, nem reparei, mas deve ser algum do Graciliano, mesmo porque não tenho muitos livros além das *Memórias do cárcere*.

– Mas deve ser um livro muito triste.

– Você já leu?

– Não, mas pelo título a gente vê logo. Já leu *O pequeno príncipe*?

– Não, não li, confesso que não li.

– É genial, acontecem coisas como se fossem milagres.

– Não acredito em milagres.

– Bem, eu também não acredito, mas gostei demais do livro, aquela coisa da raposa ser cativada. Quer o livro emprestado? Posso até te dar um de presente, com dedicatória e tudo.

– Obrigado, mas eu ando muito sem tempo e com relação a presentes acho que você começa a exagerar.

– Está bem, está bem, prometo não lhe dar mais presentes, chego a ficar complexada; já sei que você vai dizer que é porque eu sou rica, que como todos os ricos acho também que posso comprar as pessoas e não é nada disso.

– Vê só? Você vai dizendo as coisas como se elas fossem ditas por mim.

– Então, ponto final. Quero ver os esquemas.

– Pensando melhor – ele começou a desdobrar vagarosamente o pequeno pedaço de papel rabiscado –, devo passar isto a limpo, assim como está nem dá para entender.

– Por favor, não vamos adiar o esquema – estendeu o braço, ficou com a mão aberta. – Ou hoje ou nunca.

– Vá lá, mas com uma condição.

– Que condição?

– Leva o esquema para casa, assim fechado, e assume o compromisso de só abri-lo às oito horas em ponto, nem um minuto a mais, nem um minuto a menos. Combinado? Todo o código deve ser revestido de muitos segredos e rituais.

– Combinado.

Agarrou o papel, dobrou-o mais uma vez de maneira a que coubesse na mão fechada, olhou para os lados, debruçou-se sobre a mesa quase derrubando uma das garrafas e beijou-lhe a face num repente. Tornou a sentar-se, corada, baixou os olhos constrangida, desculpou-se:

– Você acaba por me julgar desfrutável e leviana. Acha mesmo?

Cássio pegou de sua mão, apertou-a com carinho, disse que não achava coisa nenhuma e que ele levaria aquele beijo para onde quer que fosse:

– Este vai morrer comigo.

– Cruzes, que pensamento macabro! Bom é as pessoas viverem com os beijos que recebem.

– Não lavo mais a cara.

Ela riu cobrindo o rosto e Cássio fez um sinal para o rapaz do bar. Depois saíram de mãos dadas, caminhavam com dificuldade pelo meio do povo. Por fim ele recolheu a mão e disse para a namorada que ficara no meio da calçada, sem saber o que fazer:

– Estou muito malvestido para andar de mãos dadas com uma moça tão linda. Imagine se uma das suas amigas nos encontra assim!

Na primeira esquina ele disse num repente que precisava ir embora, lembrou que ela só deveria abrir o papel às oito horas em ponto e que nesta precisa hora ele estaria com o pensamento concentrado nela, pensando só nela. Passou a mão no seu rosto macio, aproximou-se e devolveu o beijo na face, desaparecendo em meio ao fervilhar de gente.

Quando Mariana abriu a porta da casa viu que a mãe colocara a sua cadeira junto à sacada e permanecia imóvel a olhar a vastidão do mar que dali se descortinava a perder de vista. Escutando a chegada da filha, sem se virar, ela disse que havia um lanche pronto na copa e que se quisesse alguma coisa mais que pedisse à empregada.

Mariana disse qualquer coisa, desapareceu no corredor e fechou-se no quarto, tirando as sandálias e aninhando-se à cabeceira da cama, depois de acender a luz. Olhou para o pequeno relógio da bailarina, viu que ainda faltava muito para a hora combinada, guardou o papel sob o travesseiro, com todo o cuidado, tornou a abrir a porta e dirigiu-se para a copa.

Precisava gastar o tempo com urgência.

VI

"Nem dor aquilo que doía;
ou dói, agora, quando já se foi?
Que dor se sabe dor, e não se extingue?
(Não cantarei o mar: que ele se vingue
de meu silêncio, nesta concha)."

Aninhada mais uma vez na cama, com as costas apoiadas em travesseiros, Mariana tinha o papel do esquema aberto sobre a colcha, mas os olhos voltados para a bailarina que permanecia indiferente à sua ansiedade. O ponteiro dos minutos arrastava-se com uma lentidão exasperante, mas ela sabia que dentro de momentos a figurinha sairia para o pequeno tablado que servia de apoio para o relógio e daria início à dança de sempre, ao som da caixinha de música.

Mariana ouviu primeiro o carrilhão delicado do relógio da copa indicando que havia chegado a hora, encostou o ouvido no pequeno relógio para certificar-se de que ainda trabalhava e afastou-se assustada quando o sortilégio aconteceu mais uma vez. Então as suas mãos alisaram o papel, a letra de Cássio enumerava o código secreto; naquele preciso momento ele pensava, concentrado, nela; concentrou-se com esforço, imaginou o seu rosto, os olhos, a boca, o nariz, os cabelos, o indefinível ar de quem foge sempre; por fim ali estava a fórmula mágica que anularia o telefone que era a própria negação do segredo, faria com que ninguém mais fosse intermediário entre eles; punham-se agora em estado de guerra, havia um código, os inimigos ficariam desarvorados, haviam descoberto, por fim, a linguagem sem palavras.

No item primeiro lia-se a frase: encontro no mesmo dia. Hora: sete em ponto. Numa chave ao lado o sinal: um círculo pequeno, desenhado com lápis-cera vermelho, no primeiro degrau de entrada do seu prédio. Local: quarto banco de praia, da Santa Clara para o Posto Seis. Item número dois: Encontro no dia seguinte, à mesma hora: um quadrado. Mesmo local. Item número três: Encontro na segunda-feira seguinte: um triângulo. Mesmo local. Item quatro: Em caso de não haver mais encontro: uma cruz dentro de um círculo.

Em caso de não haver mais encontro. Estaria Cássio pensando mesmo em que um dia não haveria mais encontros? Dobrou o papel, caminhou na direção do guarda-vestidos – na passagem pelo toucador examinou com cuidado o seu rosto pálido –, abriu uma pequena gaveta, tirou lá de dentro uma caixa de laca, moveu uma roda delicada de segredo e guardou dentro dela o código secreto. Fechou-a e desfez o segredo, recolocando-a no mesmo lugar. Estirou-se novamente na cama, cruzou as mãos sob a cabeça, como gostava de fazer quando queria pensar, e ficou a olhar o teto branco, o pequeno candelabro de cristal que reproduzia com milhares de cores prismáticas a luz fraca da lâmpada de cabeceira.

Em caso de não haver mais encontro. Por que não haveria mais encontro? E como dar o aviso assim tão friamente, riscando num canto de parede um pequeno círculo abraçando uma cruz? E por que uma cruz? Podia ser um círculo cheio, um outro sinal qualquer, mas não uma cruz, era supersticiosa, cruz sempre fora um sinal de morte e de luto.

Lembrou-se do estado lastimável da camisa dele, dos ferimentos, do dedo machucado. Uma briga entre amigos, um assalto ou – sentiu um frio perpassar-lhe pelo corpo – alguma encrenca com a polícia; Cássio um marginal, um aventureiro, um assaltante de lojas e de bancos; Cássio membro de uma quadrilha de pivetes; Cássio traficante de drogas; mas eram uma loucura sem tamanho aqueles pensamentos todos. Acudiu-lhe à mente a frase cediça: incapaz de matar uma mosca; mas era exatamente isso que podia ser dito a respeito dele; Cássio era incapaz de matar uma mosca.

Notou que lá dentro haviam ligado a televisão, o som estava mais alto do que o habitual. Ouviu a voz do pai: Mas é incrível! Não há mais polícia nesta terra! Então permitem que uma coisa dessas aconteça, é o fim do mundo!

Mariana levantou-se rápida e ligou o seu aparelhinho de écran minúsculo, esperou algum tempo até que a imagem e o som surgissem. Não conseguia entender nada do que o locutor dizia lá dentro. Naquele instante a imagem surgiu distorcida, fixou-se, a voz veio clara e grave, a notícia estava no fim, anunciava-se o rapto de um embaixador, era o da Suíça, as medidas tomadas pela Polícia, declarações de altos membros do governo, o pronunciamento ameaçador de militares e finalmente o resto da notícia com o retrato inexpressivo do diplomata que só seria libertado contra a saída do país de dezenas e dezenas de presos políticos.

Desligou o receptor, abriu as cortinas, abriu a janela e debruçou-se no peitoril para apreciar o formigueiro de carros e de gente que se movimentava lá embaixo numa pressa inexplicável, mas que se repetia todos os dias, sem cessar. De onde estava não conseguia divisar o quarto banco da Santa Clara para o Posto Seis. Nele estariam sentadas pessoas desconhecidas, turistas das mais diferentes latitudes, ingleses, japoneses, americanos, velhas senhoras e circunspectos senhores com cachorrinhos, alguém que estaria comentando o sequestro do embaixador, um outro a discutir bebidas e pratos requintados, ou vizinhos seus que estariam por certo a falar nos lucros imobiliários, no grande negócio dos apartamentos da Zona Sul, em viagens pela velha Europa, na infidelidade de esposas – e próximo de todos eles a pedra virgem do sinal a ser ali deixado por alguém que tinha necessidade de marcar um encontro naquele mesmo dia, às sete horas da tarde; um encontro com caráter de urgência para redescobrir o amor a cada minuto. Onde havia lido isso? Ah, Daniel Filipe! Como era mesmo? Era assim... um cartaz denuncia que um homem e uma mulher se encontram num bar de hotel numa tarde de chuva, entre zunidos de conversa, e inventaram o amor com caráter de urgência. Outros versos esvoaçavam tênues na sua lembrança. Onde estiverem estará também pousado sobre a porta um pássaro desconhecido e admirável ou florirá na soleira a mancha vegetal de uma flor luminosa.

Dois carros de Polícia passaram de sirenas abertas, furando o bloqueio da massa de automóveis que agora parecia inerte. Mariana afastou de si a primeira ideia que lhe ocorreu: ligar o mistério do sequestro ao mistério de Cássio. Repetiu como uma reza: ele está agora num pequeno apartamento despido de móveis, pensando em mim, ele é incapaz de matar uma mosca.

Tentou vislumbrar alguma luz perdida na escuridão do mar, um navio que rasgasse o ventre das águas negras e soturnas, profundas e insondáveis, que buscasse um porto seguro para plantar a sua âncora ou que enveredasse para a grande aventura do oceano sem fim. Quem sabe enxergava um avião noturno a piscar as suas pequenas luzes verdes e brancas, vermelhas e brancas, em busca de um pouso seguro na grande pista de concreto, rendilhada de sinais encarnados.

Os sinais. Um pequeno círculo traçado a lápis-cera, um quadrado, um triângulo ou então – que Deus nunca o permitisse – um pequeno e tétrico círculo com uma cruz desenhada dentro dele, em caso de não haver mais encontro.

Estava certa que o seu sono seria todo ele entrecortado por ansiedades, a aguardar tensa o clarear do dia; descer todos aqueles andares no cubículo do elevador – uma pequena prisão de aço dentro de uma outra prisão de cimento armado –, botar o pé na calçada e procurar nervosa o sinal combinado, um pequeno círculo. Diria a Cássio, encontrei o primeiro sinal do nosso código secreto. Os dois sentados no grande frio do quarto banco da Santa Clara para o Posto Seis – ambos voltados para o mar, sentindo no rosto a brisa salgada e fresca. Falariam em muitas outras coisas e por fim diria que ele estava convidado para subir com ela até a sua casa, falar com sua mãe, sentar-se na sala como qualquer pessoa amiga, ficarem ambos a conversar na grande sacada da sala principal. Como fazem todos os namorados. Ele viria com a calça nova e com a camisa vermelha, alisaria o cabelo para causar boa impressão e se tivesse que enfrentar seu pai o faria com naturalidade, ofereceria um cigarro e aguardaria que ele acendesse o isqueiro e esticasse o braço, socialmente. Cássio ocuparia uma poltrona qualquer, cruzaria as pernas e ambos conversariam sobre o sequestro do embaixador, que ainda seria o assunto do momento. E quando o pai exclamasse indignado: Não há mais polícia neste país!, Cássio diria: Acalme-se, vão encontrar o embaixador vivo, vão prender os subversivos, não se deve perder a esperança. O pai diria depois, passando a mão na gravata de seda pura: Um rapaz muito sensato, o Cássio, um excelente rapaz, e a mãe sorriria sem que ninguém notasse.

Quantas vezes teria saído do seu casulo a pequena e ágil bailarina do relógio? Não importava. Conformava-se com a noite interminável. Sabia que seria assim e não ligava. Uma longa noite, uma fatalidade como qualquer outra, intransferível, incontornável, que não dependia da vontade de ninguém. Pois enfrentaria a noite comprida e arrastada, a desmedida madrugada; sufocaria a ansiedade minuto a minuto, na companhia cronometrada da caixinha de música que comandava a sua minúscula bailarina.

Voltou para a cama, deitou-se como estava e adormeceu não saberia dizer por quanto tempo, sem coragem de olhar para os ponteiros. Havia deixado a janela aberta e sentiu os braços gelados pelo vento que circulava pelo quarto e que movia também os pedaços de nuvens claras que disparavam lépidas na mesma direção.

Um círculo, apenas. Nada dentro dele. Às sete horas o encontro no quarto banco da Rua Santa Clara para o Posto Seis. Não esqueceria os dois pacotes e quando Cássio acendesse um cigarro ela pediria um para si e fumaria com a tranquilidade de quem estivesse acostumado desde criança. Então ela diria que o melhor era rasgarem o código, esquecer os sinais e as marcas, ele tocaria a campainha da porta, entraria como alguém de casa, sentaria à mesa deles.

Mas antes precisava saber de todo o nome dele, que curso tirava, onde morava, queria conversar com seus pais e com seus irmãos e se tivesse tias queria conversar com todas elas, e mais os primos, com todos os seus amigos.

Ou isso, ou ela o seguiria dali para a frente, implacavelmente. Tomaria conta de sua vida, cuidaria das suas roupas, das suas unhas e cabelos, olhariam o mundo através da mesma janela, estivesse ela em qualquer ponto da cidade, em Copacabana ou em Madureira, no Leblon ou em Jacarepaguá, numa modesta casa de subúrbio ou num megatério de quarto e sala da Barata Ribeiro.

Não suportava mais a ideia de esperar por ele dia e noite, não aguentaria mais um telefonema hipotético que nunca vinha, um sinal de lápis-cera. E diria ainda que a permanecer o código de sinais, um deles deveria ser cortado, riscado, alijado: o da pequena cruz dentro de um círculo.

Como sentiu que os olhos começavam a lacrimejar, levantou-se e enfrentou o espelho grande do toucador, sentou-se na banqueta, acendeu a luz e ficou trêmula a observar as diminutas lágrimas que rolavam pelas faces e foi invadida por uma doce paz de quem reconhece que sofre e é capaz de chorar como as pessoas comuns e assim permaneceu acreditando que o tempo escorria também por ali e que a noite se esvaía com mais fluidez.

VII

"Mas vêm o tempo e a ideia do passado
visitar-te na curva de um jardim.
Vem a recordação, e te penetra
dentro de um cinema, subitamente."

– Quase não acreditei – disse Mariana –, mas quando desci lá estava o pequeno círculo, eu que passara a noite esperando por ele, fiquei tão apalermada que fui correndo dizer à minha mãe que o círculo estava lá e a pobre ficou tão espantada que deve ter atribuído tudo às loucuras da sua filha.

Cássio vestia a mesma roupa, mas a camisa fora lavada e lhe faltava agora um botão. Tinha um ar de extremo cansaço e quando Mariana lamentou as suas olheiras fundas e as riscas sanguíneas dos olhos, ele retrucou logo:

– Quem quer falar! Não há um espelho no seu quarto, por acaso?

Notou que ela carregava os dois pacotes. Seriam as calças e a camisa. Mostrava-se alegre e disposta a dar logo ao namorado os presentes prometidos. Antecipou-se diante do inevitável:

– Vamos sair daqui, caminhar um pouco, não quero receber os tais presentes no meio da rua, vão pensar que é o Natal dos Pobres.

– Vamos – disse ela, seguindo-o –, eu também prefiro não ficar aqui e acho que podemos escolher hoje um outro café, um bar, quem sabe aquela pequena confeitaria da Domingos Ferreira.

– Tenho outra ideia – respondeu ele, puxando-a pela mão –, fazemos um pouco de tempo como se a gente fosse turista e pegamos a sessão das oito em qualquer cinema.

– Ótimo, eu tinha imaginado isso mesmo, mas pensei que você pudesse não gostar da ideia. Sabe de algum filme bom?

– Não, não sei. Que importa o filme, eu quero é estar longe de tudo e de todos, no escuro de uma sala – fez uma pausa para sorrir –, só tenho medo de pegar no sono e que vergonha, com os diabos!

Estancou de súbito, prendendo a mão de Mariana que rodopiou sobre si mesma. Não, eles não poderiam ir ao cinema, que cabeça a sua, o melhor era caminharem, caminharem até cair de cansaço, e nem entrariam em cafés, bares ou confeitarias, um pedaço da noite ao ar livre e quando os pés não aguentassem mais buscariam um banco de praça, uma soleira ajardinada e assim fariam com que as horas tivessem o dobro de duração.

– Sabe, é uma boa mágica de multiplicar o tempo por dois essa que podemos fazer juntos.

– E pode-se saber por que mudou de ideia assim tão de repente? É coisa de mágica também?

– Outro dia eu conto.

– Acho que já sei.

– Ah, já sabe? Então diga a senhorita tudo o que sabe e que me parece não ser pouco.

– Meu amor esqueceu de trazer dinheiro, deixou tudo embaixo do colchão.

Ele não pôde disfarçar a surpresa, mas não quis se dar por achado:

– Adivinhou em parte, mas só em parte. É verdade, esqueci de apanhar o dinheiro, mas além disso resolvi que a noite está boa demais para um vivente meter-se numa sala abafada de cinema, respirando o mesmo ar de centenas de pessoas. Olha: faço até uma proposta honesta: vamos lá para o Arpoador, sentamos na amurada com os pés descalços caídos sobre a areia úmida, ali o mar tem mais ondas e assim de noite a espuma vai parecer carneirinhos luminosos, mas não vale contar que o sono pega.

– O senhor Cássio... – fez uma pausa inquiridora.

– Senhor Cássio de Tal, às suas ordens – completou ele divertido.

– Fale sério, meu amor. Por mim dava no mesmo, mas amanhã ou depois meu pai sabe da sua existência, vai querer saber quem é, qual o seu nome todo e por amor de Deus, coloque-se no meu lugar.

– Mas por que cargas d'água seu pai vai saber da minha existência, logo eu que não sou do mundo dos negócios, que não pertenço às altas finanças deste país maravilhoso e nem tenho bancos e nem financeiras? Se vier a saber que existo, Dona Mariana diz: o senhor Cássio de Tal é um zero à esquerda. Explica a ele que há duas matemáticas, uma que é feita de zeros à esquerda – que é a minha metade – e outra que só tem zeros à direita – que é a dele e de todos os senhores empresários da terra. Os zeros à direita entram na contabilidade; os zeros à esquerda se destinam à lata de lixo.

– Muito bem, agora que o senhor matemático expôs com muita propriedade a sua teoria, peço humildemente que deixe de lado as brincadeiras, você sabe que não vou dizer nada disso a meu pai. E mais: eu trouxe dinheiro comigo e podemos muito bem entrar em qualquer café ou confeitaria e até ir ao melhor cinema de Copacabana.

– Se não estou enganado, a menina rica da Zona Sul convida o rapaz pobre de subúrbio para uma sessão de cinema. Não acha que dá letra de samba?

– Nada disso, doutor Orgulhoso. Fique desde já sabendo que a menina de Copacabana não paga nada a ninguém, é muito agarrada ao dinheiro, aliás como todas as pessoas de sua execrável classe, mas está disposta a emprestar uma pequena quantia que lhe renda tanto quanto as ações de um sólido banco. Digamos, o Banco do Brasil.

– Um empréstimo sem promissória?

– Isso mesmo, um empréstimo sem promissória, feito sob palavra, ou melhor, feito com a garantia de um fio de barba, como nos tempos do meu avô.

Ele passou a mão no rosto liso:

– Perdão, há de ser só sob palavra, não tenho agora um fio de barba para dar em garantia seja lá do que for.

Fingiu que pensava com muito esforço:

– Mas vamos, então, fazer um trato: você paga as despesas, isto é, financia. Eu não quero o seu dinheiro. Fica mais fácil para mim e não tem nenhuma importância, hoje em dia é comum as moças pagarem as despesas dos rapazes que gastam todas as suas economias na compra de gasolina verde para os seus possantes carros esporte. E ninguém estranha.

– Perfeito, vejo que hoje o meu amor está bastante razoável. Para início de conversa convido o ilustre cavalheiro para um tradicional sorvete com banho de chocolate, depois para um cafezinho de balcão e a seguir para uma sessão de cinema, pode ser até aqui no Metrô que está mais perto, mesmo porque já se disse: não importa o programa, eles que nos sirvam qualquer droga, pouco estamos ligando para o filme.

Mariana sentia um suave bem-estar, ele concordara com a proposta, seria capaz de jurar que de fato Cássio não tinha esquecido o dinheiro, era porque não dispunha de um tostão sequer e ficara envergonhado de confessar na hora em que os projetos lhe haviam subido à cabeça. Mas era orgulhoso como os gatos, indomável como os lobos, sim, ela sabia que os lobos eram animais indomáveis. Assemelhava-se a um pássaro delicado, mas arisco. Suas reações nunca eram previsíveis e Mariana surpreendia-se a observar o estranho bicho, mas sabia que se compunha de duas partes de uma mesma colagem e que se alguém não tentasse separar uma da outra, se alguém o tomasse como um todo, terminariam ambos por se entenderem e se amarem como nos romances antigos, sem a necessidade de muitas palavras e nem a urgência de explicações exaustivas e dolorosas.

Ela comprou as fichas e Cássio foi buscar os sorvetes no balcão cheio de gente, depois prosseguiram pela calçada movimentada, esbarrando nuns e noutros, distanciando-se, voltando a reunir-se e ele então sugeriu que parassem a um canto qualquer, à entrada de uma garagem. Sentaram-se numa mureta e ela disse, enfim a paz no meio desta guerra, e Cássio lembrou que seria uma paz de minutos, que estava quase na hora da sessão começar e que o porteiro não ia gostar de vê-los entrar pingando sorvete nos tapetes.

Mariana comprou as entradas, e ele fez as contas dos dois sorvetes e mais o preço do cinema e avisou que era preciso somar as parcelas e anotar no livro de fiados, e que se não fizesse isso e se não apresentasse a conta no próximo encontro, podia estar certa de que ela encontraria na sua portalada, em breve, um círculo de lápis-cera com uma pequena cruz dentro dele. Mariana disse:

– Que não seja por isso.

Na passagem pelo saguão de entrada, depois de jogarem os restos de casquinha fora, ele foi até o bebedouro e molhou o lenço no esguicho d'água gelada:

– Tenho as mãos meladas e você deve estar com o mesmo problema.

Sentaram-se na última fila lateral, a sala já estava no escuro, projetavam anúncios coloridos e inanimados, Mariana depositou no colo dele os dois pacotes:

– Os coitados estão amassados da longa viagem.

– Assim é melhor, não vão parecer novos, saídos da loja.

– Uma coisa – recomendou ela –, se não servirem, eles trocam. O endereço das lojas está no papel de cada um.

– Vão servir, claro, estou certo de que vão servir.

Ele passou o braço por cima de seu ombro, a mão pesada apertou o braço nu e quente, Mariana recostou a cabeça no ombro forte, uma espécie de muralha de pedras onde sentia uma agradável sensação de segurança, um bem-estar tranquilo e doce, uma paz interior como havia muito não tinha, uma recompensa da longa noite de vigília, da madrugada fria, uma vaga lembrança da bailarina que naquele momento se transfigurava nela própria e que saía a valsar na penumbra do cinema, esforçando-se por abraçar os dois ponteiros para que eles jamais se afastassem um do outro – Cássio e Mariana – e prendessem entre eles as horas para que ficassem imóveis, paralisadas para sempre.

Ele moveu a cabeça devagar, roçou com os lábios os cabelos da namorada, beijou de leve a sua testa porejada de suor frio e não disse nada. Mariana aconchegou-se ainda mais e ele sentiu que naqueles instantes reconciliava-se consigo mesmo, era como se os dois flutuassem no espaço; então ela começou a chorar a medo, molhando com suas lágrimas tímidas a velha camisa que ele vestia.

– Que é isso? Eu pensei que o meu amor estivesse contente, que a gente tivesse deixado a tristeza lá fora.

– E estou alegre, não ligue para essas coisas, quase morro de vergonha, eu sou mesmo uma tola.

Ficaram assim um longo tempo, sem nenhum deles saber o que dizer, com medo de quebrarem o encantamento que parecia muito frágil, vago e irreal. Cássio foi o primeiro a falar, com voz quase inaudível:

– Seu pai falou alguma coisa?

– Não. Eu pouco vejo o meu pai, ele anda sempre muito apressado e agora está revoltado e pragueja o tempo todo por causa do tal sequestro do embaixador, eu acho que da Suécia.

– Da Suíça.

– Isto, da Suíça. Ele diz que o país não tem polícia, que não há mais autoridade, que se ele fosse governo acabava por exterminar todos esses bandidos.

– Ele disse isso?

Mariana sentiu um leve tremor no braço que a cingia, assustou-se:

– Bem, acho que ele não falou em matar ninguém, sabe como é, as pessoas mais velhas falam assim, mas é só por falar.

Esperou que ele dissesse alguma coisa, o coração pulsava mais forte, suava na palma das mãos. Cássio fez uma pressão mais forte no seu braço, puxou-a ainda mais para si e disse no mesmo tom de voz:

– Sabe que ele tem toda a razão, esses bandidos precisavam mesmo de ser mortos, fuzilados, ele não deixa de ter razão, seu pai tem muito que defender e sabe disso.

– Cássio – confessou ela num fio de voz –, esta noite cheguei a pensar que você podia estar envolvido numa coisa dessas, que você fugia por isso, mas não ligue, são bobagens que a gente pensa quando não consegue dormir e quando ouve o pai gritar na sala e sabe que a mãe anda triste e nervosa.

– Por que eu?

– Bobagens, eu já disse. É por sua culpa que desaparece e não diz onde anda e nem onde mora e que esconde o sobrenome e assim me dá o direito de pensar até nessas coisas ruins e tolas.

Cássio não disse nada e parecia naquele momento interessado no filme, e ela começou a apavorar-se com o que havia dito, ele poderia deixar no dia seguinte o aviso da cruz dentro do círculo e desaparecer para sempre, magoado com a sua desconfiança. Confessou com voz trêmula:

– O meu amor não está pensando em deixar o aviso, em caso de não haver mais encontro, só para me castigar?

– Que é isso? Não vai querer estragar a nossa noite.

– Nunca, juro pelos meus olhos. Posso então pedir uma coisa?

– Que coisa?

– Vamos riscar do nosso código o sinal de nunca mais.

– Não podemos, pois não seria mais um código completo. Tudo deve ficar previsto nestes casos. Mas eu juro – pegou com a mão direita o queixo da namorada – que não tenho a mais remota ideia de usar o sinal.

– Mas o sinal existe e eu fico com medo.

– Esquece aquele sinal, faz de conta que ele não existe.

– Por mim eu tirava o sinal.

– E quando precisasse dele?

– Eu preferia morrer a ser obrigada a desenhar aquilo, podia o mundo vir abaixo.

Voltou a aconchegar-se no peito dele e pensou reconfortada que poderia até dormir assim, escutando o bater do seu coração e o arfar de sua respiração, num compasso que lembrava o da caixinha de música em câmara lenta.

Quando o filme acabou a sensação foi a de que algo se rompera, o acender das luzes apanhara os dois desprevenidos, ele recolhendo apressadamente o braço, ela preocupada em ajeitar os cabelos em desalinho; os pacotes dos presentes jogados ao chão, o público que saía a olhar para ambos com uma certa curiosidade, até que se esgueiraram por entre a gente que caminhava lentamente, a maioria a fazer breves paradas para acender os cigarros.

Já na rua, um vento fresco de chuva a assoprar com cheiro de maresia. Ele disse:

– Vamos gastar o meu último crédito de hoje: um cafezinho feito na hora.

Custaram a conseguir um estreito vão onde pudessem pegar as xícaras, Cássio às voltas com os pacotes. Mariana esforçou-se para abrir a bolsa, encostou-se numa coluna de espelhos, tirou um talão de cheques, custou a encontrar a caneta perdida naquela barafunda, fez da bolsa um apoio e tratou de preencher, com atenção, um deles, sob os olhos tranquilos do namorado.

Destacou a folha, estendeu-a para ele e disse em tom de súplica:

– Por favor, aceite este cheque, um dia me paga, eu não preciso do dinheiro, nem sei o que fazer com ele, não quero ofender, por favor.

Cássio apanhou o cheque, pediu a caneta emprestada, virou-o de encontro ao balcão e escreveu sob os olhos curiosos dela: A Mariana, meu amor, de quem só precisa de carinho. Não assinou.

– Depois de todos os presentes desta noite – disse ele sorrindo – guarde este meu bilhete.

Ela não queria aceitar, Cássio insistiu:

– Eu prometo que dentro de dois ou três dias vou desenhar na soleira da sua porta um outro círculo. Mas antes, agora quando chegarmos lá, vamos apagar o que eu risquei hoje para não dar confusão.

VIII

"Como pois interpretar
o que os heróis não contam?
Como vencer o oceano
se é livre a navegação
mas proibido fazer barcos?"

O pai estava na saleta da televisão, escarrapachado numa poltrona, pés descalços largados no tapete, o resto da casa de luzes apagadas. Mariana ainda tentou esgueirar-se sem ruído rumo ao quarto, parou a meio caminho imobilizada pela voz dura do pai: Pode-se saber onde a senhora estava até agora? Se não estou muito enganado são quase onze horas. Ele não parecia irritado, mas falava num tom como se ninguém mais na casa estivesse dormindo, além do volume alto da televisão. Mariana retornou devagar, apoiou-se na portalada, disse um olá sem vontade, sentia-se realmente indisposta para qualquer tipo de discussão. Mentiu que fora a um cinema com uma colega da escola, aliás – reforçou a mentira para dar maior veracidade –, com duas colegas. Ele bebeu um grande gole de uísque, botou mais cubos de gelo no copo, reforçou a dose, olhou para a filha de alto a baixo, fez um muxoxo irônico, creio que não adianta falar coisa alguma, já discuti com sua mãe, ela também é da opinião que as moças de hoje não são como as do nosso tempo e que é muito natural que levem a vida que entenderem. Talvez a sua mãe tenha razão e eu é que estou desatualizado, estou com muitas ideias velhas na cabeça. Mas eu pergunto: está certo uma moça de família chegar em casa a estas horas?

Mariana mostrava-se indiferente aos argumentos do pai, estava morta de sono, sabia que naquela noite iria dormir como não acontecia havia muitas semanas, que deixaria a janela semiaberta para que a aragem da noite entrasse livremente e que a luz do dia banhasse o quarto sem constrangimento. Não dizes nada? Não vale a pena? A filha alisou a bolsa de leve, ficou a brincar com o fecho, olhou para o senhor circunspecto que sacudia o gelo no copo com um certo nervosismo, disse com a voz mais natural do mundo: As moças de hoje vão ao cinema como as moças de ontem, como as moças de seu tempo, ou vão a festinhas de aniversário, ou ao teatro, ou então ficam vendo televisão quando não há mais nada o que fazer. Perguntou se podia ir deitar-se, ele disse que podia, que a mãe dela já estava deitada desde as oito horas, aliás, ela pode dormir tranquila mesmo sabendo que a filha está fora de casa, sabe como é, sua mãe não liga muito para essas coisas e depois do acidente até que nem liga para mais nada, o que, no fundo, acho natural. Pode ir dormir, estou resolvido a não abrir mais a boca nesta casa para não tornar as pessoas infelizes, já basta o que a gente se incomoda no escritório, nos negócios, com todo o mundo fora de casa. Pode dormir, boa noite.

Nenhuma disposição para dormir, mas com o sono pesando-lhe sobre as pálpebras; nenhuma disposição para discutir, mas com muitas coisas na boca para dizer. Era até possível que a mãe estivesse a escutar toda a conversa apesar dos ruídos da televisão, talvez ficasse desiludida com a filha que fora incapaz de defendê-la, de dizer alguma coisa que o pai bem merecia ouvir. Mas no fundo teve pena dele também como se fosse um estranho obrigado a entrar numa casa, sentar-se numa poltrona e beber uísque sozinho, e que de repente sentisse a necessidade imperiosa de agarrar-se a alguém, à primeira pessoa que passasse, de dizer tudo o que lhe viesse à cabeça. Mas era o seu pai. Perguntou então se algo de extraordinário havia se passado para que não tivesse naquela noite nenhuma reunião importante, nenhum jantar de negócios ou se por acaso não seria por algum bom programa de televisão, era tão raro ele ficar à noite em casa. Ele continuava a mexer com o copo como se tivesse prazer em ouvir o tilintar do gelo de encontro ao vidro de cristal. As duas coisas, as duas coisas. Nem compromisso importante que me tirasse de casa e o noticiário nacional que vai começar agora, quero saber o que se passa com o diabo desse embaixador que se deixou raptar por meninos imbecis, o que prova que estamos todos entregues aos criminosos, como se ninguém pagasse impostos, como se a vida alheia não valesse um tostão; e logo um diplomata estrangeiro, vai ser o diabo!

Mariana repetiu como uma autômata: Vai ser o diabo. E depois acrescentou: As pessoas não falam em outra coisa. Ele continuava com o tilintar do gelo, nervoso: Ah, mas a polícia deve andar empenhada em prender ladrão de automóvel ou caçar homossexuais na Cinelândia, batedores de carteira, traficantes de maconha e peixe miúdo. Amanhã ou depois esses criminosos investem contra industriais, comerciantes, pessoas dignas, para arrancar gordos resgates. Ela perguntou: Estão exigindo dinheiro pelo resgate? Não sei, mas acho que sim, há muita coisa que a imprensa não informa, o tal de segredo para não prejudicar as investigações, mas o pior é que eles exigem do governo que deixe sair do país um magote de subversivos que assaltaram bancos e jogaram bombas nesta terra de ninguém, onde não há autoridade, onde falta energia.

Apareceu no vídeo o filme indicativo do último noticiário e o locutor, a seguir, entrou direto no grande assunto das manchetes de todos os jornais da manhã e da tarde, tudo continuava envolto em profundo mistério, a polícia inteira e as forças de segurança estavam empenhadas na maior caçada dos últimos tempos. Vieram à cabeça de Mariana, como marteladas, os versos de Daniel Filipe:

"Está em jogo o destino da civilização que cons-
[truímos,
o destino das máquinas das bombas de hidrogênio
[das normas de discriminação racial
o futuro da estrutura industrial de que nos
[orgulhamos
a verdade incontroversa das declarações políticas."

Falava agora uma alta autoridade que confiava em que o diplomata fosse encontrado ainda com vida – o pai exclamou indignado, era só o que faltava, matarem o homem, mas esses indivíduos são capazes de tudo – e que sobre a liberação dos presos o governo estudava o assunto e não se mostrava disposto a ceder às exigências dos terroristas, embora houvesse forte pressão do governo da Suíça e de outras chancelarias. Apareceu uma outra foto do embaixador sequestrado, o retrato do seu secretário e depois o próprio motorista relatando o rapto e fornecendo detalhes vagos dos seus autores, o homem apavorado, gaguejando.

– Eu, se fosse Chefe de Polícia – disse o pai –, autorizava um julgamento sumário e encostava todos eles na parede para dar um exemplo que servisse para desanimar outros que sonham em repetir os mesmos crimes.

Mariana saía daquele mundo e entrava num outro muito longínquo, o dos versos que jamais havia esquecido:

"Foi condenado à morte, é evidente. É preciso
evitar um mal maior.
Mas caminhou cantando para o muro da
execução foi necessário amordaçá-lo e mesmo
assim desprendia-se dele
um misterioso halo de uma felicidade
incorrupta."

Ela ainda sentia no braço esquerdo a pressão da forte mão de Cássio, os beijos que ele lhe dera nos cabelos, na testa, na face, o calor do seu corpo terno e confortador; revia-o escrevendo nas costas do cheque, o esforço que fizera para apagar o círculo que havia desenhado na pedra do degrau, o aceno de despedida, muito rápido e inesperado, como se temesse que o seu pai estivesse na rua e que de repente desembarcasse do carro no exato momento em que os dois estivessem juntos. Ela seria obrigada a dizer: pai, este é o meu amigo Cássio. Não, diria: pai, este é Cássio, meu colega de turma. Mas o namorado parece que havia temido justamente isso, fugira como sempre, num volteio rápido, ágil, apenas tivera tempo de acenar.

Mas outro círculo seria desenhado naquele mesmo lugar, talvez depois do meio-dia, e ela ficaria muito tempo debruçada na janela à espreita de sua passagem; saberia, sem necessidade de olhar para o degrau, que o encontro seria naquela mesma tarde, às sete, mas desta vez na esquina da Avenida Atlântica com a Hilário de Gouveia, à sombra da cobertura do portão da casa que ainda resistia à fúria dos construtores de grandes prédios. Mas olharia o degrau para se tranquilizar. E sentiu uma insidiosa preocupação: quem diria que Cássio, desta feita, não teria riscado uma cruz dentro de um círculo?

Se quer ver todo o noticiário o melhor é sentar e não ficar aí na porta, feito uma estátua, disse o pai, despejando mais uísque no copo. Mariana disse que não estava mais interessada nas notícias, estava cansada, deu boa noite e foi proteger-se na fortaleza de seu quarto; fechou a porta sem fazer barulho, afastou as cortinas, abriu uma das janelas e respirou fundo o ar salgado e o cheiro de maresia que vinha da própria noite. Acendeu a luz de cabeceira, abriu a bolsa, catou lá dentro o cheque com o bilhete carinhoso do namorado, decidiu escondê-lo na caixinha de laca, o cofre minúsculo dos seus grandes segredos.

Despiu-se, escolheu um leve pijama de seda pura, ficou triste enquanto a água da torneira lavava o cheiro das mãos de Cássio, tirava dos seus braços o suor dos braços dele. Sentou-se na banqueta estofada diante do toucador, apanhou a escova e começou a passá-la repetidamente ao longo dos compridos cabelos, com força e decisão, sem pressa, via-o atrás de si, mas agora jovial e sorridente, envergando a camisa nova; era uma precisa figura de carne e osso, sentia atrás de si o calor de alguém que era bem mais do que uma simples memória e que invadia o seu quarto imaculado como se nele estivera sempre e ali fosse o seu refúgio contra todos os males e os desacertos do mundo hostil. Quase voltou o torso para saber se ele também vestira as calças de brim azul, e foi neste momento que a bailarina iniciou a sua dança para dizer a quem interessasse que mais uma hora havia se passado, uma hora a menos para que eles se encontrassem novamente, uma hora a menos na vida de todas as pessoas.

Teve a sensação de que venceria a noite com inteira coragem e que vararia também a madrugada assim, a manhã inteira, e que quanto mais a sua pequena bailarina cumprisse a sua missão, mais ela se aproximaria de Cássio.

Mariana pediu à empregada que servisse a sua primeira refeição na mesa ao lado de sua mãe, que pela manhã preferia não sair do quarto. Ouvi quando seu pai conversava com você ontem à noite, disse ela entre um gole e outro de chá com leite que acompanhava com pequenas torradas cobertas de geleia. Mariana havia pedido dois ovos quentes, café com leite e pão fresco com fatias de presunto. Disse: ele estava vendo televisão para saber notícias do sequestro daquele embaixador e reclamou porque uma moça de família não deve chegar em casa tão tarde e que já havia discutido com você sobre esse assunto, posso até imaginar o que disse.

Fez uma pausa, depois perguntou: mamãe não estava bem ontem à noite? Estava – disse ela servindo-se de mais chá –, mas achei melhor deixar o seu pai a tomar uísque sozinho, mesmo porque nós não temos muita coisa para falar, ele nunca está de bom humor em casa e mesmo que nada aconteça ele se agarra a qualquer motivo para discutir, e agora é o caso do embaixador e todas essas peripécias.

Mariana viu, pela porta entreaberta, que já eram quase dez horas. Era muito cedo para Cássio vir desenhar o círculo na portalada, ele devia morar longe e na noite anterior mostrara-se muito abatido.

Papai quer fuzilar todos os raptores – disse sem olhar para a mãe –, e falou até no caso de ser o Chefe de Polícia. A mãe esboçou um sorriso de desânimo, passou um guardanapo na boca, comentou: vai ver são os seus negócios que não vão como seria de esperar, parece preocupado com uns estrangeiros que estão agora aqui no Rio e que estão propondo maior participação na empresa dele, ele tem perdido o sono com isso, mas que não pode fazer nada, quem sabe até estejam oferecendo menos do que ele esperava, você sabe, seu pai detesta qualquer negócio em que não consiga as maiores vantagens, é uma coisa para ele vital e que o torna feliz e realizado. Mariana disse: eu não entendo de negócio, acho que não puxei a ele. A mãe confessou que também não entendia, mas que conhecia muito bem seu pai.

A empregada veio buscar as bandejas, mãe e filha ficaram lado a lado, sem falarem. Só muito depois que tinham cansado de olhar o mar aberto, verde-esmeralda próximo à praia, azul profundo na distância, a larga faixa de areia esplendorosa, de um amarelo-claro, ofuscante, os banhistas como pequenas formigas escuras, foi que a mãe perguntou: tudo bem ontem à noite? Mariana, com um certo constrangimento, respondeu: tudo bem, fomos a um cinema, tomamos sorvete, um cafezinho, caminhamos um pouco, a noite estava bem fresquinha e quando cheguei em casa e fui para a cama dormi como uma pedra. Estás com a fisionomia descansada, disse a mãe. A seguir voltou à carga, mas sem denotar grande curiosidade: mas não tem havido mais telefonemas. Mariana confirmou e não teve forças para evitar a mentira que a mãe não merecia: não vai haver mais telefonemas. Levantou-se, ofereceu-se para empurrar a cadeira para qualquer outro lugar, a mãe agradeceu, preferia ficar ali mesmo, então Mariana disse que ia arranjar os cabelos, escrever uma carta e que pretendia dar uma volta só ao cair da tarde, isso se encontrasse uma amiga disposta a caminhar um pouco, ver vitrinas. Não tens ido ao clube. Por quê? O clube anda muito chato, vai muita gente que eu detesto e quero aproveitar este resto de férias para andar por aí sem fazer nada.

Foi para o quarto, debruçou-se na janela o mais que pôde, vasculhou com o olhar o calçadão lá embaixo e não conseguiu vislumbrar ninguém. Mas tinha a certeza de que uma pessoa que ela sabia muito bem quem era chegaria à entrada do prédio e riscaria ali um círculo quase perfeito.

Um círculo sem cruz dentro.

IX

"Assim, noturno cidadão de uma república enlutada, surges a nossos olhos pessimistas, que te inspecionam e meditam!"

Mariana desceu pouco depois das três horas, o porteiro estava encostado na grande porta de vidro, olhando as pessoas que passavam, os carros e os aviões, os navios e os cachorros que cheiravam floreiras e cantos de parede. Fingiu que apanhava qualquer coisa no chão e espiou sob a borda do degrau. Nada. Foi um pouco além, voltou e subiu novamente. Repetiu muitas vezes a manobra e lá estava a pedra vazia de sinal. Ficou a passear nervosa, Cássio podia aparecer de um momento para outro, a encontraria sem ser preciso gastar lápis-cera, sairiam os dois de mãos dadas, a tarde estava sem vento, os carros prosseguiam na sua faina interminável de ir e de vir, como se não tivessem um destino certo. Mais uma volta e nada do sinal combinado.

Cássio não viria mais, alguma coisa dentro de seu coração lhe dizia isso, olhava confrangida para os casais de namorados que andavam pela rua, abraçados, muito juntos, trocando beijos, indiferentes aos passantes, às velhas que estacavam e se escandalizavam diante da cena.

Por fim decidiu subir, escreveria uma carta havia muito devida a uma colega que seguira por um ano para Nova York, pensou até em desabafar para ela, contar tudo, pedir conselhos, descrever Cássio da cabeça aos pés.

Mas quando subiu encontrou a mãe lendo um livro sob a lâmpada que fora colocada a um canto da sala especialmente para ela, os seus cabelos pareciam mais claros e dourados, os traços de antiga beleza ainda permaneciam sob a máscara de sofrimento que afivelara ao rosto depois do acidente de automóvel numa das descidas de Petrópolis, as longas semanas de hospital; Mariana lembrava-se da casa vazia e do medo terrível de que ela morresse e que a deixasse sozinha com o pai que desaparecia durante o dia e que aproveitava os fins de semana para as suas viagens obrigatórias de negócios.

A mãe fechou o livro depois de marcar a página com uma tira de seda azul, presente de Mariana num dia distante: diga lá dentro o que você quer jantar, há salada pronta na geladeira, mande passar um filé, quem sabe um caldo quente, tenho a impressão de que a minha filha está emagrecendo, anda com a fisionomia abatida. Fez uma pausa, rodou a cadeira para junto da sacada: e por que ele não telefona mais? Surpresa, Mariana exclamou: eu mesma não sei, simplesmente ele disse que não ia telefonar mais, a gente nunca consegue saber direito das pessoas e depois é o rapaz mais estranho que encontrei em toda a minha vida.

A mãe sorriu: pois trate de conhecê-lo bem enquanto é tempo, convide-o para vir aqui, mas primeiro diz a ele como eu sou para que não fique muito chocado; é claro que eu vou fazer o possível para estar alegre e simpática. Mariana achou que era chegada a hora de falar mais francamente com a mãe, disse rápido para não gaguejar e trair-se: ele sabe que não é da nossa classe e tem medo, acho que tem medo de mim, principalmente; ele é de família muito pobre. Sentou-se no tapete ao lado da cadeira dela, pegou as suas mãos de dedos longos e belos, encostou o rosto no seu joelho: não sei se ele estuda ou se trabalha, não sei o seu sobrenome, nem onde mora, se tem pai e mãe vivos, se tem irmãos, não sei nada a respeito dele e isto é horrível. A mãe ficou muito aflita, livrou uma das mãos e passou os dedos de leve pelos seus cabelos; na verdade não sabia o que dizer, era tudo muito confuso e difícil, mais do que ela própria imaginara: mas afinal onde conheceu esse rapaz? Na praia, pouco importa, era conhecido daquela minha colega que depois casou com o chileno técnico não sei de que e até parece que chegou a trabalhar nos escritórios do papai. Só sei que se chama Cássio e mesmo sobre isso não tenho certeza.

E ele disse que não ia mais telefonar?, perguntou a mãe deixando-se trair pela voz trêmula. Não, não disse nada dessas coisas, combinou um sistema de sinais, círculos, quadrados e triângulos a serem riscados num local secreto, a gente sabe antes a hora e o lugar do encontro e eu fico desesperada porque sou capaz de jurar que um dia ele nunca mais aparece e vou passar o resto dos meus dias a esperar pelo sinal que ele nunca mais vai riscar; mas alguma coisa me diz aqui dentro que ele não faz isso e nem age assim porque quer, deve haver alguma coisa de muito sério na vida dele, um grande problema, eu não sei, um mistério.

A mãe sentiu uma angústia, uma espécie de aperto na garganta: não pensei que fosse assim, quem sabe a minha filha faz uma viagem, passa algum tempo no sul com as suas primas, ou uma excursão à Europa, aos Estados Unidos, o seu pai tem grandes amigos lá, até sócios, uma viagem sempre faz bem quando se está com qualquer problema.

Mariana fingiu que a tristeza havia passado: não, viagem nenhuma me interessa agora, ainda posso conversar com ele, discutir isso tudo e em último caso a gente acerta cortar os encontros, cada um vai para o seu lado e já que não sei nada a seu respeito e nem ele quer me dizer, pronto, adeus, as aulas vêm aí, há os estudos, entro para aquele curso de francês, me mato estudando e assim as pessoas esquecem.

– Não é bem assim – replicou a mãe um pouco mais calma –, é fácil de dizer e muito difícil de fazer. Traga o rapaz aqui, eu sei como conversar, eu conheço as pessoas e prometo ajudar sem que ele próprio se aperceba disso, e qualquer conversa sobre este assunto será entre nós duas. A propósito, combine a vinda dele na próxima semana, seu pai deve passar quinze dias no estrangeiro.

A mãe não conhece o Cássio, é um bicho do mato, desconfiado, anda sempre a olhar para os lados, cuida as portas, as pessoas, eu até desconfio que ele teme ser visto por conhecidos comigo, que alguém descubra o nosso namoro – deu uma parada, perguntou ansiosa: a mãe acha que ele pode ser casado? Não, não acho, e depois que idade pode ter ele? Mariana pensou um pouco: deixe ver, não pode ter mais do que vinte ou, quem sabe, vinte e um anos.

A mãe tranquilizou-a, um rapaz com aquela idade seria solteiro e se fosse casado estaria ainda na fase da grande paixão, um homem não trai uma mulher senão depois de muitos anos, chegou quase a dar o exemplo de seu pai, mas aí diria que o seu caso era diferente, ela presa numa cadeira de rodas, inválida, o marido moço e cheio de vida, o seu caso era todo especial.

Mariana disse que estava com vontade de tomar um banho morno, um banho de imersão em água esperta, depois comeria qualquer coisa, ficaria a ver televisão no seu quarto mesmo; sabe, mamãe, prefiro não conversar com meu pai hoje. A mãe disse: se ele vier para casa cedo, mas acho que é dia de chegar de madrugada. Hoje é quinta-feira? Pois quinta-feira é dia de chegar tarde.

– Então vamos assistir televisão juntas – disse Mariana antes de correr veloz para seu quarto.

Sexta, sábado, domingo, segunda, terça, finalmente quarta-feira Mariana vislumbrou de longe, quando chegava em casa por volta das três horas da tarde, vislumbrou uma pequena mancha informe no degrau de entrada, era o desenho a lápis-cera, mas não o círculo e sim um quadrado de traços inseguros, irregular pela aspereza da pedra; aproximou-se bem para ver melhor, para ter a certeza, o coração a bater mais forte, a respiração difícil, estava ali a marca sonhada, esperada, ansiada, o sinal de *amanhã*.

Entrou célere no elevador, a cabina arrastava-se, no terceiro andar parou, prosseguiu; uma nova parada no quinto andar; finalmente conseguiu abrir a porta numa euforia que surpreendeu a mãe que se movimentava na cadeira de rodas da sala para a cozinha: que aconteceu?

Mariana deu uns passos de dança, imitava a sua pequena bailarina do relógio: Cássio deixou o sinal na soleira da porta, amanhã às sete horas na esquina da Rua Hilário de Gouveia com a praia, amanhã, só amanhã, e agora, mamãe, como é que a gente faz para que o tempo passe mais depressa?

As duas riram, felizes: minha filha, conte comigo para ajudar a que as horas passem mais depressa, e ainda bem que seu pai está viajando.

– Não sei – disse a filha –, mas tenho um pressentimento de que tudo vai dar certo, vou fazer com que ele venha até aqui, vai conhecer e gostar muito de você, acho que nós duas juntas vamos conseguir quebrar o gelo, domar aquele rebelde.

Foi até a sacada larga, apoiou-se no parapeito de mármore com as mãos espalmadas, respirou fundo o ar da tarde, notou que havia neblina sobre o mar que se apresentava cinza, encarneirado. Viu-se a conduzir o namorado pela mão, subir os degraus da entrada, atravessar a passadeira de veludo vermelho que levava ao elevador, deixar-se conduzir para o alto, abrir a porta da casa, pedir que ele entrasse, a mãe o esperaria na cadeira de rodas, sorridente, mão estendida, diria: Cássio, que prazer!, a empregada traria gelo e os copos e a garrafa, eles ocupariam o sofá de couro verde, falariam sobre o dia, sobre as noites frescas, afinal em que pé andava o caso do sequestro do embaixador suíço, aquele pobre homem delicado como os diplomatas de

X

"...os parentes mortos e vivos.
Já não distingo os que se foram
dos que restaram. Percebo apenas
a estranha ideia de família
viajando através da carne."

Ele estava encostado no muro, calça e camisa novas, um pé contra a parede e na mão uma sacola de plástico com um letreiro de supermercado. Mariana o avistara de longe, sentira vontade de correr, mas mantivera estoica o mesmo passo ritmado. Segurava nervosa a alça comprida da bolsa a tiracolo, suava na palma das mãos e aquilo a deixava arrasada. Cássio só virou a cabeça. Não mudou de posição. Esperou que ela chegasse e se postasse a seu lado e sorriu desajeitado quando ela disse olá e beijou-lhe a face.

– Pensei que tivesse esquecido o nosso código – disse ela.

– Andei atrapalhado, uns problemas, essas coisas – ele explicou. – Mas estou aqui, que diabo, vivo e de roupas novas. Que tal?

– Você está tão bonito!

– Imagine só! Vamos nos esconder numa mesa lá do *Corujinha*? Aqui na avenida eu tenho a impressão de que estou num palco e que toda essa gente cretina que passa de carro olha para nós como se tivessem pago entrada.

Mariana riu da ideia, concordou em que deviam sair dali e achou ótima a escolha do barzinho, bastava caminharem meia quadra e então poderiam conversar à vontade.

– E esta sacola? Pretende passar a noite fora?

– Não, trago uma surpresa aqui, vamos logo, é um presente.

Enquanto caminhavam ela perguntou se não poderia saber que presente era, estava morrendo de curiosidade, tentou espiar a boca da sacola, Cássio fechou-a num repente. Ela que tivesse um pouco de paciência.

Passaram pelas mesas da calçada, entraram, viram que não havia muita gente, era hora de vazante; escolheram tacitamente a mesma mesa situada a um canto, sentaram-se e Mariana pediu:

– Por favor, o presente.

Ele descansou a sacola sobre a cadeira do lado, com cuidado, esperou que o garçom viesse saber o que queriam; ela pediu um suco de laranja, Cássio disse que ia sair fora do sério, queria uma cerveja bem gelada.

– Estou com muita sede.

Segurou o braço do garçom que já se preparava para voltar:

– Consegue-se um pouco de leite na casa?

Meio surpreso, o rapaz disse que sim, que poderia arranjar um pouco. Cássio pediu apenas dois dedos de leite num copo e um pires.

– Leite? – exclamou ela arregalando os olhos. – Já não entendo mais nada.

Ele remexeu na sacola, meteu as mãos lá dentro e tirou para cima da mesa um pequeno gatinho cinza e branco, arrepiado de medo, unhas cravadas nos seus dedos, a miar roufenho e quase inaudível. Mariana levantou-se, espantada, tirou das suas mãos o bichano e aconchegou-o ao peito, alisando os pelos macios.

– Que amor, que amor, é a coisinha mais linda que eu vi em toda a minha vida, um gato! Então agora ele é meu de verdade, só meu?

Ele ficou admirando a alegria de Mariana, sentia-se contente também.

– Estava lá em casa e eu não sabia o que fazer com ele, a mãe morreu atropelada na rua e como agora preciso mudar de casa, queria saber se você está disposta a adotar o Mig.

– O nome dele é Mig? É nome chinês?

– Pode ser. Pelo menos era Mig, mas agora pode botar o nome que achar melhor. Sabe como é: bota-se em gato o nome que preferir, assim como se bota nome em carro velho. Um amigo meu tinha um calhambeque de vinte anos atrás e lhe botou o nome de Francisco e quando o motor não pegava e tossia e dava estrondos, bastava que ele passasse a mão na lataria, assim com um certo carinho, que lhe chamasse Francisco e pronto, o calhambeque começava a roncar feito um gato. Era sempre assim. E olha, se não lhe chamassem de Francisco, ele não pegava.

– Mas ele vai continuar com o nome de Mig, vai dormir no meu quarto, vou fazer uma caminha para ele junto da minha.

Reparou que o namorado continuava com a mão sobre a sacola, perguntou:

– E pode-se saber o que mais traz aí dentro?

O garçom voltou com as bebidas, depositou o

pequeno pires na mesa, o copo de leite, olhou para o gatinho, sorriu e tratou de derramar um pouco de leite no pires. Mariana agradeceu, colocou o bichinho junto à bebida, fez com que ele encostasse o focinho no leite e ficaram os dois a observar a linguinha rápida bebendo com avidez.

Então Cássio disse que queria pedir um favor a ela, um favor muito grande, ia ter que mudar de apartamento e trouxera algumas coisas no saco plástico com medo de que se extraviassem, queria que guardasse por um certo tempo ou, se preferisse, ficar com eles para sempre, eram coisas de pouco valor material, que não valiam nada para os outros, mas para ele sim, eram até preciosos, cada coisa tinha a sua história. Meteu a mão e tirou uma fina corrente de ouro com uma medalha na ponta, foi um presente da minha mãe quando eu tinha doze anos e seis meses depois ela morria longe de mim e e então guardei a correntinha numa caixa, com medo de perdê-la.

Tirou um livro: este é *O prisioneiro*, do Erico Verissimo, ganhei de um grande amigo num momento muito difícil da minha vida, coisas passadas, desculpe as anotações nas margens, mas são a lápis, se quiser apague tudo. Tirou uma caixinha: esta é uma máquina fotográfica, dessas de bolso, para filme pequeno; palavra que nunca foi usada, trata-se da primeira compra que fiz e nunca soube por quê. Pegou uma foto antiga, disse: aqui sou eu com dez anos, esta é minha mãe, já estava doente e eu não sabia de nada, era bem bonita a minha mãe, e este é o meu irmão mais velho que está no estrangeiro agora, primeiro esteve no Uruguai e depois foi para a Argélia e agora nem sei onde anda, perdi o contato com ele. Puxou outra foto: vê aqui onde estou, foi tirada durante o vestibular no Maracanã – eu tinha dezoito anos, nem sei bem quem são os outros, repara na minha cara espantada, eu passei no de engenharia, pura sorte, não sabia grande coisa.

Mariana olhava hipnotizada para as fotos. Cássio perguntou:

– Pode guardar essas relíquias para mim?

– Claro. E prometo nunca mais devolver coisa nenhuma. Prometo.

Estava emocionada, levou o gatinho novamente para o regaço, pediu que ele guardasse tudo na sacola que levou para a cadeira a seu lado, depois pediu que ele dissesse para onde se mudaria, queria saber tudo a seu respeito, quem sabe poderia ajudar, ele que fosse franco.

– E mais uma coisa – disse ele em tom sério –, eu pago as despesas hoje e pago o cinema do outro dia, os sorvetes e mais os cafezinhos, não admito recusas e se disser uma palavra contra, já sabe, corto relações.

– Mas eu...

– Já disse que brigamos.

– Está bem, doutor Orgulhoso, obedeço às suas ordens, cumpro os seus desejos.

As mesas começaram a ser ocupadas em redor, Cássio olhava desconfiado para os lados, terminou de beber a cerveja, pediu que ela acabasse de tomar a sua laranjada, estava muito calor ali dentro, preferia andar um pouco, soltar o gatinho num canteiro da praça, ele podia estar necessitando. Mariana aproveitou a ocasião:

– Vamos, o garçom está aqui do nosso lado.

Cássio pediu para carregar a sacola e Mariana continuou com o bichano agarrado na sua blusa, esfregava de leve o focinho frio no seu rosto, chamava-o pelo nome, disse que seria o gato mais mimado de todo o Rio de Janeiro.

Já a caminho da praia ela disse:

– Agora vamos passar lá em casa para deixar o Mig no seu novo lar e depois a gente passeia um pouco mais.

Quando se aproximaram do prédio, Cássio disse:

– Você sobe, eu espero cá embaixo.

– Nada disso, você vai subir comigo, lá em casa não há nenhum bicho-papão, o único que podia meter medo seria papai mas ele está viajando e só volta dentro de dez dias, no mínimo.

– Não. Prefiro esperar aqui.

– Mas a mamãe está sozinha e me pediu para subirmos, fico preocupada com ela, eu não sei se você sabe, mas a minha mãe ficou paralítica num desastre e anda em cadeira de rodas.

– Lamento muito – disse ele constrangido –, mas outro dia eu subo, hoje não pode ser.

– Sobe um minutinho só.

– Outro dia.

Mariana mostrou-se tão desolada que ele preferiu olhar para a onda de carros que enchia a avenida de um surdo barulho, iniciou um ritual demorado para fumar, a escolha de um cigarro na carteira, cuidou para não colocar na boca o lado contrário, a busca da caixa de fósforos no bolso, virou-se de costas para o vento, colocou as mãos em concha e por fim aspirou a primeira fumaça, e quando expelia o fumo como uma caldeira viu que Mariana continuava parada na porta do edifício, a segurar o gatinho carinhosamente e a sacola com aquelas coisas ridículas que ele havia tido a ideia de trazer.

Por fim Mariana caminhou para o elevador, abriu a porta, olhou ainda para ele que permanecia no mesmo lugar, premiu o botão do seu andar e se deixou levar inquieta e abatida.

A mãe estava ao lado da sacada, estranhou que a filha viesse só, reparou na sacola que trazia na mão e só viu o gatinho quando Mariana lhe estendeu o bichano sem dizer uma palavra.

– Que belezinha! Estava perdido na rua?

– Não, presente de Cássio, ele pediu desculpas mas disse que não podia subir hoje, só hoje, quem sabe amanhã ele vem, e ainda me pediu para guardar algumas coisas, ele está de mudança.

Abriu a sacola, depositando-a no colo da mãe um pouco surpresa:

– Este livro do Erico Verissimo foi presente de um amigo dele, cuidado que eu vou mandar encadernar. Aqui nesta caixinha tem uma máquina fotográfica de bolso; uma correntinha de ouro, presente da mãe dele. Olha aqui ela, vê que bonita, morreu muito moça; este é o irmão dele e aqui está o Cássio com dez anos.

– Que bonito rapaz.

– E esta aqui foi tirada quando ele tinha dezoito anos, no Maracanã, quando fazia vestibular para a Engenharia; ele está agora quase a mesma coisa, não mudou nada.

A mãe ficou a olhar a foto com vagar, detidamente, comentou:

– Então ele é estudante de Engenharia, tem um irmão mais velho, a mãe morreu moça.

Mariana alisou a cabeça do gatinho e comentou:

– O irmão está no estrangeiro, ele não sabe bem em que país, e me disse que o gatinho se chama Mig, um nome que parece chinês ou de uma raça assim.

A empregada surgiu na porta, a mãe pediu:

– Leve o animalzinho e veja se ele está com fome, depois arranjamos um lugar para ele onde possa dormir sossegado.

A filha disse que ia fazer uma cama improvisada para ele no seu quarto e que no dia seguinte era preciso buscar uma caixa de areia, assim era que se fazia com os gatos; compraria uma escova especial, talco e pequenas bolas de borracha para que ele brincasse e fizesse ginástica. A mãe lembrou que seria bom levá-lo a um veterinário para fazer as vacinas recomendadas, mas que havia tempo para isso. E depois lamentou que o rapaz não houvesse subido, mesmo que não demorasse muito, não era de ficar na calçada como um mendigo.

Mariana deixou no colo da mãe as coisas todas que tinha trazido dentro da sacola, correu para o quarto, fechou a porta, abriu o guarda-vestidos, rebuscou entre as roupas uma pequena maleta de couro, tipo frasqueira, e começou a jogar dentro dela tudo o que julgava mais necessário, peças de roupa, um par de sapatos, a caixinha de laca com fecho de segredo, escova de dentes, tubo de dentifrício, cremes, vidros, o relógio com a bailarina, retratos que tinha guardado numa gaveta da cômoda. Fechou a maleta, apanhou um casaco quente, a bolsa a tiracolo e saiu apressada rumo à porta da rua.

– Mariana, onde vai com tudo isso? – exclamou a mãe espantada quando viu a filha saindo. – Minha filha...

Mariana acenou para ela sem conseguir articular uma palavra, tinha a garganta fechada e sabia que não adiantava explicar, a mãe não a compreenderia; passou pela porta do elevador, desceu um lance de escada e do andar de baixo chamou a cabina que parecia demorar um século para chegar, enquanto ouvia a voz da sua mãe que já devia estar na saleta de espera, a chamar por ela com tal ansiedade, com tal angústia, que teve medo de fraquejar, de voltar em prantos e trancar-se no quarto e assim perder para sempre Cássio, que estava lá embaixo, inquieto pela demora.

XI

"Deus terá compaixão da abandonada e da ausente,
erguerá a enferma, e os membros perclusos
já se desatam em forma de busca.
Deus lhe dirá:
Vai,
procura tua filha, beija-a e fecha-a para sempre
em teu coração."

– Que é isso? Aonde você vai desse jeito, com essa maleta?

– Vamos sair por aí, caminhar, tomei uma decisão e está acabado.

– Uma decisão? – perguntou o rapaz segurando-a pelo braço.

– Isso mesmo, uma decisão. Vamos sair daqui, não quero ficar na porta de casa e por favor não me segure dessa maneira, estão nos vendo, olha o porteiro.

Caminharam em silêncio até a esquina, dobraram, internavam-se na selva de grandes edifícios de janelas iluminadas, Mariana ia à frente, apressada, por fim Cássio emparelhou com ela, pôs a mão de leve em seu braço:

– Pelo menos deixe que eu carregue a maleta, até parece que vamos tomar um trem e que estamos em cima da hora.

Tomou a maleta, pediu que não corressem, era melhor entrarem numa lanchonete qualquer, num bar, um local onde pudessem conversar como duas pessoas adultas. Pediu que ela se acalmasse, afinal o que estava acontecendo?

– Tomei uma decisão e pronto.

– Já sei, você me disse isso muitas vezes, mas acho que tenho o direito de saber que decisão é esta, vamos entrar num lugar qualquer.

– Pode ser aqui mesmo – disse ela com ar cansado –, há uma mesa lá no fundo, eu estou sentindo um pouco de mal-estar.

Sentaram-se, havia muita gente, um ventilador de grandes pás, preso ao teto, remexia o ar enfumaçado, tudo impregnado de um enjoativo cheiro de gordura. Mariana comprimia a boca do estômago com as mãos.

– Não sei o que é, uma dor assim como se tivesse uma pedra aqui dentro, e só tomei aquela laranjada.

– Espera, vou buscar um sal de frutas numa farmácia aqui por perto, algum comprimido.

– Não, não precisa, isso passa, deve ser nervoso, pede por favor uma água tônica.

Cássio foi até o balcão, chamou um empregado, pediu a bebida, ele mesmo pegou a garrafa e o copo e quando voltou Mariana sorria, pálida e suada; ele que ficasse descansado, estava melhor. Nervoso, Cássio encheu o copo:

– Bebe um pouco, toma aqui o meu lenço, quem sabe eu levo você para casa, acho melhor.

– Não, prefiro ficar aqui mesmo, já estou bem melhor, sente, até parece que você é o garçom, eu nunca tive isso antes, deve ser puro nervoso.

– Mas nervos por quê?

– Porque tomei uma decisão.

Olhou para os lados, pediu que ele chegasse o rosto mais perto, sussurrou:

– Sabe, foi a primeira decisão que tomei a sério na vida.

Cássio acendeu um cigarro, ficou com o fósforo a arder entre os dedos, assoprou forte, tragou a fumaça com vontade, disse em voz baixa:

– A decisão de não voltar mais para casa?

– Essa mesma, adivinhou.

– Meu bem, você parece que ficou maluca de repente. Isso é decisão de criança mimada.

– Não, é decisão de uma mulher crescida e que está apaixonada. Eu sei que você não acredita, mas resolvi dar uma prova, deixei a mamãe estarrecida na porta da casa, pobrezinha, deve ter ficado desolada, ela termina por compreender e me dar toda a razão. Mamãe parece muito frágil e eu sei que não é nada disso, é uma mulher que já sofreu muito na vida e me conhece bem.

– Mas não me conhece.

– Ela tem um sexto sentido, eu senti isso quando ela viu a sua foto no vestibular.

– Ah, você mostrou as fotos.

– Muito depressa, eu estava querendo esconder o meu nervosismo, já estava decidida a meter algumas coisas numa maleta e sair para não voltar.

– Vai voltar, sim senhora.

– Não volto.

– Escute aqui, Mariana, vamos conversar a sério, sentar a cabeça, tratar de ver as coisas como elas devem ser, não vamos precipitar nada, isso termina por entornar o caldo.

– Que caldo?

– Maneira de dizer, sabe como é. A gente deve dar tempo ao tempo. Que adianta sair de casa sem saber para onde ir, sem destino...

– Vamos viver a nossa vida, não saí de casa assim sem destino, meu amor.

Cássio sorriu nervoso, acendeu um cigarro no outro que se acabava, botou a mão sobre o braço dela:

– Vamos ver, vamos ver, está bem, então eu concordo em subir até a sua casa, falo com sua mãe, a gente dá uma desculpa qualquer para a maleta, coisas que você resolveu trazer em troca daquelas que lhe dei e assim tudo termina bem, vamos discutir o assunto depois, um dia desses, com calma, sem precipitação, como duas pessoas crescidas. Exatamente, como duas pessoas crescidas.

– Tomei a decisão como uma pessoa crescida.

– Não é verdade, foi decisão de menina leviana.

– Obrigada pelo elogio.

– Vamos parar com isso, Mariana, eu repito que foi uma decisão de menina leviana e nisso não vejo nenhuma ofensa, é a verdade, e amanhã, com a cabeça fria, você vai me dar razão, vai me agradecer, estou certo disso.

– Em outras palavras: você não me ama.

– Pronto, vamos começar tudo de novo. Você quer que eu me ajoelhe aqui nesta tasca, que beije as suas mãos, que jure amor eterno, como nos romances de antigamente.

– Então me diga mesmo a verdade, quero saber o motivo da sua recusa, por que me rejeita desta maneira, eu prometo que podemos viver com muita economia, eu mesma vou para a cozinha, não sei fazer grande coisa mas sempre se dá um jeito, lavo a roupa, cuido de você, ajudo em tudo, se eu quisesse um rapaz rico era só escolher um nome e telefonar, contratar casamento e casar.

– Como é que eu vou me explicar, querida? Eu estou atravessando uma fase muito difícil, uma fase cheia de problemas, nem sei onde vou dormir hoje, palavra, tenho que pensar sobre isso.

– Mas então, querido, tenho dinheiro aqui, vamos para um hotel até encontrar um apartamento de quarto e sala, a gente tem tempo para isso. A não ser que haja outra.

– Não é nada do que você está pensando, é uma dificuldade passageira, pode ser que amanhã ou depois tudo se acerte e aí eu mesmo vou buscar as suas malas em casa, eu mesmo, em pessoa, não estou com medo de ninguém de sua casa.

– Pois quero ajudar, já disse e repito, trouxe dinheiro que dá para um ano, olha aqui o meu talão de cheques, o problema é que você é muito orgulhoso e não quer aceitar nada e se é assim fique sabendo que não mudo de opinião.

– Quer dizer que se eu aceitar um cheque você volta para casa?

– Não quis dizer isto. Podemos usar os cheques juntos, vamos para qualquer lugar que você achar melhor.

– Mariana, Mariana!

– A minha decisão eu tomei, agora cabe a você tomar a sua.

O garçom de avental manchado veio perguntar

se não queriam mais nada. Cássio pediu uma cerveja gelada e outra água tônica. Ficou pensativo. Mariana passava a mão espalmada na testa úmida; suava frio. Olhou para o ventilador que vencia a custo o ar morno, imaginou um helicóptero que se preparava para elevar-se com os dois para alguma terra distante, para uma terra de ninguém, para o alto da Pedra da Gávea, para algum dos belos jardins de Teresópolis; ela abanaria triste para aquela gente suada e malcheirosa que se comprimia no bar imundo de Copacabana, veria do alto o seu edifício iluminado, o Cristo no Corcovado, o bondinho do Pão de Açúcar, a cidade que se afundava e se desfazia, as formas liquefeitas de algo que terminaria por desaparecer para todo o sempre.

– Vamos sair – disse ele acenando para o garçom.

– Não posso – disse ela pálida –, estou sem forças para caminhar, tenho medo de desmaiar antes de chegar na porta da rua.

– Mas aqui está muito quente, deve ser por isso, o ar da noite lhe faria bem.

– Então traga o ar da noite aqui para dentro.

Cássio pagou e acendeu mais um cigarro. Mariana achou que ele estava muito preocupado:

– Vamos sair, claro, mas me dá só um tempinho para me recuperar, quem sabe a gente muda de assunto, vamos pensar que estamos num restaurante de luxo, com ar-condicionado. Palavra, não tenho coragem de sair desta cadeira.

Ele continuou a fumar nervosamente, olhava a cara de um por um dos que se encontravam ali naquele forno que lembrava um botequim de filme mexicano, só faltavam os imensos chapéus bordados. Tornou a passar a mão na testa, olhou de relance para Mariana que bebia mais um gole da água que já devia estar morna, sentiu uma imensa ternura por ela, imaginou que estaria sofrendo, denotava uma angústia opressiva, temeu que de repente Mariana rompesse em pranto ali naquela mesa e que então todos olhariam para eles e que os bêbados que dormitavam pelos cantos viriam macambúzios perguntar se poderiam fazer alguma coisa pela moça que chorava e que muitos o tomariam como um monstro que estivesse a massacrar uma pobre menina indefesa. Quebrava a cabeça para encontrar um outro assunto qualquer que tirasse Mariana daquela depressão, era preciso.

– E o Mig? Que tal o Mig na nova casa dele?

– O Mig? – perguntou ela como se fosse arrancada de muito longe. – Ah, sim, o Mig. A mamãe adorou o gatinho, a essas horas ele já deve estar dormindo na caminha que a empregada ia improvisar para ele. Amanhã eu providencio uma cama verdadeira, quer dizer, a mamãe providencia, eu quero que ele se sinta muito feliz lá em casa, ele é um amor, muito obrigada.

– Que é isso, um simples gatinho sem raça nenhuma.

– E obrigada pelos retratos, gostamos muito de sua mãe, ela deve ter sido uma grande criatura, uma grande mãe, você deve ter sentido muito a falta dela. E seu irmão? Nunca escreveu uma carta?

– Deve ter escrito, mas as cartas às vezes não chegam, sei lá. Sabe, ele é um tipo legal.

– Querido, estou me sentindo bem melhor, palavra, já me passou aquela moleza nas pernas.

– Quem sabe esperamos um pouquinho mais, ninguém pode andar assim com as pernas bambas.

– Vamos experimentar – disse ela movendo-se na cadeira incômoda.

Ele agarrou a maleta, o casaco, deu o braço para ela, saíram os dois a passos lentos; ela a dizer que, no fundo, começava a sentir sono, que era bem capaz de pagar um dinheirão por uma cama, fosse macia ou não, que era deitar a cabeça num travesseiro e o mundo em redor se apagaria como uma vela na chuva.

Enquanto Cássio prosseguia a caminhada mudo e pensativo, ela falava sempre, ia dizendo tudo o que lhe vinha à cabeça, a estranha sensação de paz quando acordava muito cedo e abria a janela e enxergava o mar sem fim e o halo cor de laranja que brotava das águas, e quando a tarde caía havia no céu uma imensa variação de cores, o mar passava de verde para azul, depois para cinza e negro, a areia da praia brilhava como vidrilhos; quando o sol estava alto a sensação de busca misteriosa que sentia ao olhar nervosa a pedra que já deveria ter recebido o círculo de lápis-cera e o quanto custavam as horas a passar, o dia a arrastar-se com uma lentidão que nunca tinha fim. Sentia a mão de Cássio abarcando o seu braço, o calor dos seus dedos, cumprimentou com um largo sorriso um velhinho todo de preto que estava postado na beira da calçada, apoiado num guarda-chuva ruço, sorriu ainda para duas senhoras de cabelos azuis que acabavam de sair de uma confeitaria.

– Sabe, meu amor, foi uma boa ideia, foi mesmo uma ideia maravilhosa a nossa de inventar um código, com sinais e avisos, poder dispensar o telefone, comunicar-se como os índios, os africanos, os esquimós e agora você vai achar muito engraçado, mas é verdade, para mim nós andamos numa floresta e todos esses edifícios de cimento armado são imensas árvores e juro que até estou com medo das feras, dos animais estranhos e assustadores. Está achando engraçado? Olhe, eu estou dizendo a verdade.

– Não, não estou achando graça nenhuma, estou apenas preocupado com você, vamos agora mais para o lado da praia, nós dois precisamos um pouco de ar puro, de maresia noturna, de um pouco de frio até.

Mariana deu uma parada, olhou interrogadora:

– Você quer me levar para os lados da minha casa?

– Claro, vamos para aquele lado, eu subo, conversamos com sua mãe, explica-se tudo e amanhã eu torno a deixar um novo círculo no degrau.

– Não.

– Mas vamos procurar ver as coisas...

– Não. Já disse, não.

Adiantou-se, desceu a calçada, estendeu o braço e chamou um táxi que passava e que parou logo adiante. Ela correu, abriu a porta e chamou Cássio:

– Vem depressa, entra.

O rapaz aproximou-se dela, quis ponderar que era uma loucura o que estavam fazendo, mas Mariana já havia entrado e puxou a mão do namorado com uma força inesperada, ele ainda teve uma certa dificuldade em passar a maleta, por fim viu-se sentado ao lado dela, o motorista estendeu o braço para fechar a porta e perguntou para onde devia ir. Mariana encostou a cabeça no banco, exausta:

– Vá em frente, siga para o Posto Seis, depois Ipanema e fique rodando e fazendo tempo por aí, não temos nenhuma pressa.

XII

"Esta cidade do Rio!
Tenho tanta palavra meiga,
conheço vozes de bichos,
sei os beijos mais violentos,
viajei, briguei, aprendi.
Estou cercado de olhos,
de mãos, afetos, procuras."

Cássio encolheu-se no banco, Mariana deitou a cabeça em seu colo e fechou os olhos para imaginar que tudo aquilo era verdadeiro e que não estava a sonhar; se abrisse os olhos veria o teto branco de seu quarto, as cortinas de renda com o quebra-luz opalescente, o tique-taque compassado da pequena e delicada casa da bailarina. Cássio passava a mão pelos seus cabelos e olhava a rua lá fora, o cruzar constante dos outros carros, pedaços de praia deserta, notou que o motorista saía da Vieira Souto e entrava na Bartolomeu Mitre e logo depois começava a contornar a Lagoa Rodrigo de Freitas, o colar de luzes da margem oposta duplicado pelo reflexo das águas paradas. Em todas as janelas iluminadas dos grandes edifícios a vida, pessoas que se amavam, que discutiam, brigavam, que olhavam das janelas envidraçadas os carros anônimos que passavam com homens e mulheres nas suas entranhas, com um homem e uma mulher que se amavam e que rodavam sem destino no bojo da grande noite.

– Eu não tenho um lugar para levar você – disse ele em voz baixa para não ser ouvido pelo motorista.

Mariana abriu os olhos, passou a mão por trás de sua nuca:

– Onde andamos?

– Estamos andando pela Lagoa.

Ela levantou o busto, sentou-se bem junto dele, suspirou fundo.

– É o lugar que acho mais bonito em todo o Rio de Janeiro, ainda mais assim à noite, parece um lago de conto de fadas, só falta descobrir lá no meio um monstro marinho como aquele que existe num outro lago na Europa, então seria uma lagoa famosa em todo o mundo, podiam até cobrar entrada para ver o monstro botar a cabeça de fora das águas.

Teve vontade de propor ao namorado que mandasse o motorista parar o carro, os dois correriam de mãos dadas na direção das águas e prosseguiriam assim até perderem o pé e começariam a nadar com vontade rumo ao colar de pérolas que enchia a noite de mistério. Mas Cássio diria que ela estava ficando louca e a obrigaria a voltar para casa e fugiria como era de seu hábito, só pelo prazer de riscar um círculo ou um quadrado na pedra do primeiro degrau. Mas o carro prosseguia impávido pelo asfalto macio e agora eles iam de dedos entrelaçados, e Mariana apoiou a cabeça no seu peito e assim conseguia perceber as batidas do seu coração.

– É tão gostoso que até tenho medo de acordar – disse ela com voz sumida.

Cássio permaneceu calado, pois não saberia mesmo o que dizer. Então pediu ao motorista que entrasse no túnel e que tomasse a direção da Tijuca. Sentiu que Mariana apertava ainda mais os seus dedos, como se quisesse agradecer aos céus, porque talvez naquele momento ele acabava de tomar também a sua decisão, a decisão final.

Ele daria ordem ao motorista, pensou Mariana, para que parasse; desceriam os dois numa rua qualquer, à porta de um edifício perdido no subúrbio, tiraria do bolso um molho de chaves, cataria uma e com ela abriria a porta e a convidaria para entrar primeiro; subiriam dois ou três lanços de escada, haveria uma porta qualquer, modesta, que também seria aberta em silêncio e por fim estariam os dois num pequeno e acolhedor apartamento de quarto e sala conjugados, longe do caudal de carros de Copacabana, isolados por grossas muralhas do mundo hostil, da aridez dos dias intermináveis, das longas esperas, da angústia de não saber se ainda se veriam.

Então ele começou a orientar: dobre à esquerda, agora novamente à esquerda, agora à direita, por favor, sob o terceiro lampião entre os galhos da árvore. O carro parou, Mariana perscrutou em redor, quis saber meio estremunhada:

– É aqui?

– Sim, cheguei. Agora você continua, segue direitinho para casa, amanhã eu deixo o sinal no lugar combinado. Mas antes quero um beijo.

– Não adianta, não vou para casa, vou descer também aqui.

– Não pode, vou dormir hoje no apartamento de um amigo, é uma peça só e deve ter mais gente que veio para cá. Prometo que amanhã a gente toma uma decisão.

– Então fui traída?

– Não há nenhuma traição, você deve compreender, estou certo que depois vai me dar razão.

Mariana apertou o rosto de encontro ao peito dele e desatou a chorar. Cássio ficou nervoso, o motorista mostrava-se inquieto, dois passantes se voltaram curiosos.

– Que é isso, meu amor? Não torne as coisas mais difíceis, você não tem razão para agir assim. Sua mãe está esperando, ela não merece isso, pense bem, tenha juízo, você não pode ficar aqui e eu não posso ir para outro lugar, eles estão me esperando.

– Já sei – soluçou ela –, a outra está aí.

– Não há outra nenhuma e você sabe disso.

– Há outra, sim, e você não quer confessar.

– Juro pela minha mãe, não há outra.

Mariana suspendeu repentinamente o choro, arregalou os olhos:

– Cássio, se você jurou pela sua mãe então eu acredito, mas eu não tenho coragem de voltar para casa.

– Não fale em coragem para voltar. E logo a moça que teve toda a coragem para tomar uma decisão. Sua mãe vai entender, conte a verdade, diga tudo a ela, vai ver que eu estou com a razão.

Mariana abriu a maleta, tirou do bolso lateral uma foto que ofereceu a ele:

– Então guarde este meu retrato, não quero que me esqueça, ele não está muito bom, depois eu dou outro.

Cássio pegou a foto e esticou a mão para fora do carro para que a luz no alto do poste a iluminasse. Mariana sorria sem muita vontade, era uma foto colorida recente, aparecia a gola de um vestido rosa, de tecido fino, um pequeno colar de pedras azuis quase da cor dos seus olhos.

– Não quer ler a dedicatória?

Cássio virou a foto, leu: Ao meu amor Cássio, o amor eterno da sua Mariana. Ele então beijou-lhe a face, desajeitado, mostrava-se indeciso, viu que o motorista permanecia rígido na direção, olhando fixo para a frente, o ruído do motor ainda ligado, aí pegou a cabeça da namorada com ambas as mãos e beijaram-se demoradamente, abraçaram-se com calor, ele sentiu na boca o gosto salgado das lágrimas que corriam pelo rosto frágil, separaram-se quando um grupo abriu a porta do prédio e saiu para a calçada. Cássio ainda olhou para a foto e disse:

– Leva a fotografia, guarda para mim, amanhã me devolve.

– Não quer a minha fotografia?

– Claro que eu quero, meu amor, mas prefiro não levar comigo agora, morreria de medo se alguém descobrisse o seu retrato. Em breve vamos ter um lugar só para nós dois e aí poderemos ter todas as coisas sem que ninguém venha bisbilhotar.

Fez menção de tirar o dinheiro do bolso para pagar a corrida, mas ela segurou o seu braço:

– Não senhor, eu trouxe dinheiro para isso e a conta ainda não está completa.

– Mas então amanhã...

– Claro, amanhã acertamos tudo, vou passar a tarde descendo e subindo à espera do sinal que você vai deixar lá embaixo. Lembre-se, você me prometeu. E mais, amanhã você vai subir também, vai conhecer mamãe e nem precisa falar sobre o que se passou hoje, deixe que eu conto.

Ele deu um outro beijo rápido, saiu e fechou a porta. Disse para o motorista:

– Faça o favor de deixar esta moça na sua casa, na Avenida Atlântica, sei que posso confiar no senhor.

Era um homem muito velho, óculos de aros de prata, que respondeu a ele que podia ir descansado, deixaria a moça sã e salva na porta de sua casa. Cássio abanou para a namorada que mostrava o rosto molhado de lágrimas na janela, abriu a porta da rua com pressa e desapareceu na escada lateral.

Mariana disse quase sem voz: podemos ir, por favor. Então o velho movimentou o carro, olhou a menina pelo espelhinho retrovisor e disse:

– A senhorita sabe, é difícil hoje em dia a gente encontrar um moço tão direito como esse. Um bom rapaz, um bom rapaz...

XIII

"Nada de insinuações quanto à moça casta
e que não tinha, não tinha namorado.
Algo de extraordinário terá acontecido,
terremoto, chegada de rei,
as ruas mudaram de rumo,
para que demore tanto, é noite."

Mariana pediu ao motorista que a deixasse próximo da esquina, perguntou pelo preço da corrida, procurou uma nota na bolsa, entregou-a ao velho e disse que não queria troco. Agarrou firme a maleta e dobrou o casaco grosso no braço. Vinha um ar frio dos lados do mar que bramia, o barulho das ondas quebrando na praia, casais boêmios venciam a friagem da madrugada numa fusão amorosa de corpos, duas crianças e uma mulher dormiam encolhidas numa soleira protegida dos ventos por uma mureta e pela sombra de folhagens.

Sentia-se num desamparo quase total, como uma retirante, uma empregada doméstica posta para fora de casa pela ira dos patrões. Caminhava rente às paredes, cabeça baixa, indiferente aos homens que passavam e tentavam abordá-la; trazia ainda nas faces as lágrimas secas da despedida. Fora tudo muito nebuloso, assim como se tudo aquilo tivesse acontecido havia muitos anos, num ano qualquer perdido no calendário. E no entanto o calor das mãos dele ainda ali estava nos seus braços, o cheiro de sua pele, o tom de sua voz e até o bater do coração que ela havia escutado com o ouvido colado ao peito dele, tudo isso acontecera agora, minutos antes, naquela mesma noite e voltava para casa com uma estranha e incômoda sensação de vazio, de derrota; humilhada e ofendida. Ela a insistir, não adianta, não vou para casa, vou descer também aqui; então fui traída?, há outra sim, e você não quer confessar. O juramento de Cássio pela mãe dele e Cássio seria incapaz de invocar o nome dela para esconder um falso juramento.

Por que razões ele havia devolvido a sua foto? Em breve vamos ter um lugar só para nós, e ninguém poderia bisbilhotar; mas que importância tinha que um seu amigo olhasse o seu retrato? Era tão simples ele dizer: é a minha namorada, e nem precisaria dizer o nome, não tinha que dar satisfações a ninguém, era maior, independente, já prometera arranjar um lugar só para os dois, um apartamento longe de tudo e de todos.

Aproximou-se do prédio, viu que o porteiro da noite lia um pedaço de jornal na mesinha de pés torneados, a um canto; o homem ia ficar muito intrigado quando ela batesse de leve no vidro central, destrancaria a fechadura e faria com que ela entrasse sem nada dizer; eram muito discretos os porteiros do Rio de Janeiro.

Antes de subir os dois degraus de granito negro polido ainda lançou um olhar para a base de pedra onde ficara combinado deixar os avisos do código. Do último restava apenas a mancha avermelhada, mas um outro sinal surgiria ali mesmo dentro em pouco, como a mancha vegetal de uma rosa, seria um círculo; foi quando seu coração disparou: não haviam combinado o novo local de encontro, esquecera-se de perguntar, mas como seria possível isso naqueles momentos que acabava de viver? A inesperada recusa de Cássio, a devolução de seu retrato, o seu desespero, a humilhação daquele regresso sozinha num táxi, como uma prostituta, varando ruas e avenidas como se estivessem numa cidade estranha e hostil, ela e o velho motorista quase imóvel e que lhe dava a impressão, às vezes, de que havia morrido e se retesara definitivamente na direção, como um fantasma, um ectoplasma destituído de luminosidade, um autômato que se limitava a cumprir as ordens de Cássio.

Por fim bateu no vidro, o porteiro baixou a folha de jornal, levantou-se espremendo os olhos para distinguir a figura que se postara do lado de fora, mostrou-se surpreso com a mocinha na rua deserta, de casaco dobrado num braço e carregando na mão uma maleta de viagem. Abriu com certa dificuldade a porta, ajudou-a a entrar no saguão de poucas luzes àquela hora, correu para chamar o elevador, voltou rápido para carregar a maleta, a senhorita não precisa de nada? Mariana agradeceu e sentiu um grande alívio quando a cabina começou a subir silenciosa, rasgando o ventre do edifício que dormia, como se estivesse dentro de uma nave espacial, rumo ao desconhecido.

Encontrou a mãe na sua cadeira de rodas, mãos trançadas sobre as pernas, luz acesa às costas, rosto mergulhado nas sombras. Mariana ouviu a sua voz tranquila e natural, como se ela não estivesse ali o tempo todo lutando contra o medo e o desespero, depois da longa e interminável espera pela filha que lhe fugira num repente no início da noite:

– Eu sabia, minha filha, que você ia voltar; deve estar morta de sono, queira Deus que o frio da noite não resulte num resfriado.

Mariana depositou no chão a maleta e a bolsa a tiracolo, largou o casaco sobre uma poltrona, deixou-se cair numa outra, quase ao lado da mãe, contra a luz também, de maneira que ela não pudesse enxergar no seu rosto as marcas do sofrimento vivido naquelas horas todas. A mãe disse:

– Há na cozinha um chá de limão pronto, basta aquecê-lo, está lá também um comprimido preventivo contra a gripe, deite e durma, amanhã nós conversamos numa hora qualquer, quando se sentir com vontade ou, se preferir, não precisa dizer nada, você é quem sabe.

Sentiu pena da mãe que talvez nem conseguisse dormir, mas sabia também que não conseguiria explicar as coisas de maneira clara e racional. Racional. Achou graça de haver pensado nesta palavra. Nada do que acontecera podia ser classificado como tal, a razão estivera ausente do mundo naquela noite que começara abafada num botequim de terceira classe e que tivera um fim melancólico ao soprar do vento fresco da madrugada, do vento que o mar assoprava das suas entranhas para purificar a cidade febril.

Levantou-se devagar, aproximou-se da cadeira onde a mãe permanecia imóvel e tensa, beijou-a na testa:

– Vou ajudá-la a deitar-se, depois eu trato de mim, fique descansada.

– Minha filha, está com os lábios gelados, os

braços, meus Deus, você pode pegar uma doença ruim, podia muito bem ter vestido o casaco que levou.

Mariana empurrou a cadeira que deslizou suave sobre o tapete, abriu a porta do quarto, acendeu a luz do candelabro, viu a cama pronta para que ela deitasse logo, ajeitou a cadeira no lugar certo de onde a mãe passaria para os lençóis, mas antes acendeu a luz de cabeceira e apagou a iluminação forte. A mãe sabia como facilitar a passagem da cadeira para a cama, aconchegou-se debaixo das cobertas leves enquanto a filha, sem que quisesse, sentava-se a seu lado e escondia o rosto entre as mãos, desatando num choro lento e abafado, quase resignado. A mãe comoveu-se:

– Foi uma pena ele não ter subido ontem, eu ia gostar muito de conhecer o Cássio.

Não perguntou nada, mas a filha percebeu pelos seus dedos nervosos e crispados que ela sofria igualmente.

– Eu estava disposta a ficar com ele – disse Mariana limpando os olhos –, mas ele achou que eu não devia fazer isso, que eu devia voltar para casa, que você ia ficar muito infeliz. Prometeu que deixaria ainda hoje de tarde o sinal combinado do nosso código de encontros no mesmo lugar, aqui embaixo. Apanhamos um táxi que eu chamei, rodamos muito por não sei quantas ruas, me lembro que chegamos a fazer a volta pela marginal da Lagoa Rodrigo de Freitas, o motorista era um velhinho muito simpático e foi aí que Cássio mandou que o carro atravessasse o túnel em direção da Zona Norte e achei então que ele havia concordado em que eu ficasse com ele e senti uma felicidade sem-fim. Não sei bem onde paramos, só sei que foi na Tijuca, à porta de um prédio pequeno e escuro de uma rua mal iluminada. Mas ele não me deixou subir, alegou uma porção de coisas, que era a casa de um amigo, que não havia lugar para nós dois, que era possível até que outros amigos estivessem lá e eu morro de vergonha agora, você vai ficar horrorizada com a filha que tem, mas eu fiz uma proposta que a gente fosse para um hotel qualquer, mesmo na Barra, eu levava dinheiro suficiente, levava até o meu talão de cheques. Não houve argumento que o convencesse, estava determinado a que eu voltasse para casa e que depois íamos ter uma conversa de cabeça fria. Não aceitou nem o meu retrato, disse que tinha medo que ele caísse em mãos de outros e que quando nós tivéssemos um lugar só para nós dois então não haveria mais por que esconder as nossas coisas. Não sei, mas quando ele me acenou antes de entrar na porta do prédio eu tive a impressão de que era um adeus para sempre, dessas coisas que a gente sente e não consegue dizer e nem definir, você sabe até melhor do que eu.

Se tivesse olhado para a mãe, naquele momento, veria que os seus olhos estavam cheios d'água e que se ela quisesse falar trairia a sua tristeza, talvez a sua impotência de mulher que se arrastava pela casa como um objeto inanimado.

Por algum tempo ficaram as duas assim, Mariana a esfregar as mãos com nervosismo, a mãe pensando em alguma coisa que pudesse dizer à filha, algumas palavras que servissem de conforto, que dessem a ela um pouco de esperança, diria que o rapaz ia voltar, era um bom rapaz, que lamentava tanto não o ter conhecido naquela noite, pois tudo teria transcorrido muito diferente.

– O pai não vai querer que eu case um dia com um rapaz como o Cássio, vai dizer que é de outra classe, que não tem futuro, que é perigoso.

– Não se importe com o que seu pai possa dizer, mesmo porque nem disse nada ainda, deixe isso para mim, eu prometo resolver tudo.

Abraçaram-se, Mariana deixando o pranto correr pelo rosto, sentindo os braços de alguém que sofria também e que se calava por não ter nenhum motivo para incriminá-la. Amou a mãe mais do que nunca e só naquele instante se dava conta de quantas vezes ela não teria tido a vontade de deitar a cabeça no peito de alguém, da própria filha, e desabafar o sofrimento que lhe corroía as entranhas como um ácido, mas que preferia a dignidade do silêncio, os longos dias e noites de amargura e de solidão. A mãe que transformara a sua própria casa em prisão.

– Vá deitar-se, querida, mas antes passe pela cozinha, tome o chá com o remédio, tenho muito medo que adoeça.

Beijou a filha com carinho, passava ainda a mão sobre os seus cabelos, emocionada, então prometeu:

– Eu cuido de tudo. Você vai ver como o sono faz bem e que quando o sol bater na sua janela as coisas todas mudaram, Cássio vai deixar o sinal combinado, vão encontrar-se como sempre, é preciso que a gente conte também com o tempo.

Mariana beijou o rosto da mãe, fez com que ela se acomodasse melhor nos travesseiros, puxou as cobertas com ternura, como se faz com as crianças pequenas, e apagou a luz. Saiu sem ruído e puxou a porta devagar, fechando-a.

Foi até a cozinha, acendeu a chama de gás, aqueceu o chá e levou a taça e o comprimido para o quarto. Abriu uma fresta na janela e quando acordou em plena manhã ensolarada não saberia dizer o que fizera antes.

A bailarina acabava de dizer que eram onze horas de um novo dia.

XIV

"Assim, noturno cidadão de uma república
enlutada, surges a nossos olhos
pessimistas, que te inspecionam e meditam:
Eis o tenebroso, o viúvo, o inconsolado,
o corvo, o nunca-mais, o chegado muito
tarde
a um mundo muito velho."

Mariana despiu a roupa de dormir, abriu bem a janela e deitou-se no retângulo de sol forte que banhava o tapete. Sempre tivera preguiça de ir à praia, de atravessar a avenida coalhada de carros ameaçadores, caminhar naquela imensidão de areia escaldante e depois procurar entre milhares de pessoas seminuas um pedaço qualquer de chão onde cravar um guarda-sol, estender uma toalha, abrir uma cadeira de lona.

Estendera sobre o tapete uma grande toalha de banho e rodava lentamente com o corpo para distribuir melhor o sol na pele, não queria ficar vermelha, embora as amigas já lhe dissessem que estava ficando branca como uma lagosta.

Não queria pensar em nada, afugentava o que acontecera na véspera como quem espanta uma abelha ou um enxame delas, zumbidoras e perigosas, os dolorosos ferrões. Sentia-se fraca demais para recordar. Agarrava-se, apesar de tudo, a uma vaga esperança que não saberia dizer bem qual fosse; ele deixaria na porta o sinal combinado, as coisas aconteceriam como sempre, às vezes um dia de espera, dois, três, mas ele retornava e ambos se encontravam e podiam andar pelas calçadas da praia como dois namorados comuns, corriam para comprar os sorvetes com cobertura de chocolate (que ele adorava como um menino), tomavam suco de laranja com pedras de gelo, comiam sanduíches de presunto e queijo ou entravam num cinema como dois amantes que não dispusessem de nenhum lugar fechado e sombrio onde fosse possível trocar juras de amor.

A buzina de um carro lá embaixo fez com que lhe viesse à cabeça o táxi da noite anterior, o velhinho impávido na direção do carro a dar voltas e mais voltas por uma cidade indiferente ao que no interior dele se passava, dois jovens inventando o amor com caráter de urgência, breves momentos contabilizados pelo taxímetro imperturbável que dava a impressão de registrar também árvores e ruas, prédios e praças, e não só quilômetros; as longas distâncias em que nenhum deles falava, a fusão dos dois através da pele sensível, dos dedos que deslizavam amorosos, das respirações sincronizadas.

Lembrou-se das fotos que havia deixado sobre a cômoda, mas não quis levantar-se para olhar mais vezes o rosto do rapazinho que fora apanhado em flagrante entre os colegas, num dia distante de nervosismo e de angústia, na batalha renhida e dura do vestibular.

Depois do banho foi encontrar a mãe que já estava com a sua cadeira à frente da larga sacada; carregara da cozinha um pequeno prato com torradas cobertas de queijo, sentou-se numa poltrona próxima depois de beijá-la com carinho na testa; as duas como se nada houvesse acontecido, a paisagem a distância feita só de azuladas águas profundas e uns poucos veleiros que as ondas ameaçavam engolir, mas que emergiam logo depois como acontecia com as gaivotas.

A mãe acabara de ler o jornal que agora jazia ao lado da cadeira, sobre o tapete; não aparentava nenhum sinal de sofrimento e nem de insônia; perguntou se a filha havia dormido bem e comentou, logo a seguir, sem esperar pela resposta, que o dia amanhecera tão límpido e iluminado que parecia ter nascido para afugentar fantasmas e apreensões.

Mariana roía as torradas como se estivesse sem vontade, mas se sentia calma e desconfiava que as duas juntas não precisavam muito de palavras; percebeu que se entendiam assim mesmo e que se alguma coisa fosse dita poderia quebrar o sortilégio.

A empregada entrou para perguntar quando a senhora queria que fosse servido o almoço, a mãe olhou para Mariana interrogativa, disse que poderia ser às duas horas; a filha concordou com a cabeça e o silêncio retornou sem ser pesado, pelo contrário, um silêncio leve e calmo como a esplendorosa manhã daquele dia.

Mariana depositou o pequeno prato sobre a mesinha auxiliar, esticou o braço e apanhou o jornal que jazia em desordem, passou a ler os títulos das notícias principais, sem interesse, folheava-o sem pressa, ao acaso. Nada de novo, disse à mãe que parecia esperar que ela dissesse alguma coisa mais, depois tornou a jogar as folhas no chão, soltou os braços ao longo da poltrona e reclinou a cabeça de cabelos úmidos no encosto alto.

– Por que não vai ao cabeleireiro? – perguntou a mãe, para dizer qualquer coisa, sabendo que Mariana de antemão não aceitaria a sugestão.

– Tenho ódio de cabeleireiro – respondeu a filha –, daquele diz que diz que das mulheres, prefiro passar uma escova eu mesma.

Ergueu-se bruscamente da poltrona, chegou à sacada, olhou para baixo, perguntou à mãe, num repente:

– Você acha mesmo que ele é capaz de voltar hoje e deixar na porta um aviso qualquer?

A mãe respondeu esforçando-se para parecer o mais natural possível:

– E por que não? Não foi assim que ele fez sempre, depois que vocês inventaram o tal código?

– Foi sempre assim – respondeu Mariana –, mas não sei se vai ser agora. Ele estava muito estranho ontem à noite, palavra, não foi como das outras vezes. Acho até que ele teria pensado que eu já fizera o mesmo com outros rapazes.

– Que horror, pensar numa coisa dessas, minha filha. Onde já se viu isso? Vamos lá, um pensamento positivo, pelo menos.

Antes do almoço Mariana disse que voltaria dentro de um minuto, queria olhar lá embaixo para saber se não havia algum sinal desenhado. Voltou desanimada, ele não viria antes das quatro.

Tornou a descer e a subir depois do almoço, ia do quarto para a sala, debruçava-se na sacada, espiava a rua com olhar perscrutador, depois ia esticar-se um pouco na cama, apanhava livros na biblioteca do pai, tratava de arranjar as flores nos vasos, descia novamente e sempre que retornava a mãe notava no seu rosto o desânimo crescente.

– Acho que você está nervosa sem razão, ele pode não deixar o sinal hoje, mas deixa amanhã ou depois, sabe lá se não está a procurar apartamento, se não está tratando de papéis ou coisa assim.

À noite a mãe aconselhou-a a telefonar para uma das amigas, quem sabe iria a um cinema ali por perto, isso ajudava a espairecer, não adiantava nada ficar em casa a rodar de um lado para o outro, isso faria com que as horas se tornassem mais longas e de qualquer maneira era preciso esperar, já que ele não tinha telefone e depois o código de sinais fora criado justamente para isso, para que ela não ficasse esperando em vão.

Naquela noite Mariana disse à mãe que ia para o quarto mais cedo, escolhera um livro para ler.

– Não prefere ver um pouco de televisão?

Não, não queria, não suportava mais televisão, tinha ódio das novelas. Fechou-se no quarto, procurou um caderno pautado, uma caneta esferográfica, vestiu a roupa de dormir, fez uma pilha de travesseiros, recostou-se, ajeitou o foco de luz e dispôs-se a escrever o seu diário, onde pudesse abrir o coração e assim aliviar-se de todas as suas mágoas e desilusões. Um diário diferente, uma espécie de longa carta que começaria com "Cássio, meu amor", dois pontos, e escreveria como se estivesse a conversar com ele, sem subterfúgios e nem meias-palavras, sem esconder nada, sem nada mascarar, as coisas todas com os seus verdadeiros nomes; escreveria que era o seu primeiro e último grande amor na vida, que tudo o que fazia parte do seu mundo havia se esboroado como um castelo de cartas e que algo diferente havia nascido dentro dela, transformando-a. Ele entenderia as suas mensagens escritas, num dia distante, e ficaria muito arrependido por haver, num determinado momento, pensado que ela era uma mocinha da sociedade, fútil e leviana. Sim, ele dissera isso, bem no momento em que havia tomado a sua decisão, a decisão definitiva de toda a sua vida. Guardaria o diário a sete chaves, ninguém poderia jamais pôr os olhos naquelas páginas, era um diário para ser lido a dois quando a vida tivesse andado muito e muito, nem saberia dizer quanto. E só assim ele saberia o quanto o amava e o quanto sofrera por seu amor.

No dia seguinte Mariana assemelhava-se a uma pequena e inquieta fera a trilhar uma jaula invisível; as longas horas estiradas na cama, olhos fechados, a revirar-se febril e assustada, nervos retesados ao som da campainha do telefone que a mãe atendia sem demora e depois se quedava a falar mansamente com uma amiga, enquanto Mariana tornava a cair na lassidão das horas que se arrastavam em agonia, o sol girando ao longo do tempo nas manchas de luz que desenhava arabescos nos móveis e no tapete; as idas e vindas à porta onde o degrau permanecia indefinidamente vazio, nu, intocado.

A rua lá na Tijuca pintalgada de breve claridade da lâmpada perdida entre a folhagem das árvores, o táxi fremindo como um animal, as pessoas anônimas a passarem indiferentes ao amor que enchia de vida e de esperança a noite fresca, o beijo que ainda agora ela sentia na boca, o abraço forte e cheio de ternura, o aceno breve como um relâmpago, a sombra de Cássio que sumia tragada pela porta de ferro que era como uma porta de prisão sem nome, sem data e sem endereço.

O diário havia estancado, inícios e desistências, as palavras que não vinham ou que se baralhavam através de uma densa e impenetrável cortina de lágrimas que não conseguia reprimir; inquieta pelo rodar macio da cadeira da mãe que andava pela casa como um fantasma, ela, a pobre desesperada também, pressaga a cada novo tilintar do telefone, a alimentar uma esperança que ainda perdurava no coração de ambas; ela, a pobre, que não podia descer para descobrir na pedra o sinal de vida, o aviso festivo, o encontro que jogaria para dentro daquela casa o pouco de alegria que ainda poderia sobreviver.

Ao meio-dia ela bateu na porta do quarto da filha:

– Quem sabe desce um pouco, dá uma caminhada?

Mariana abriu a porta, estava com os olhos inchados, cabelos desfeitos, dava a impressão de haver envelhecido.

– Vou descer, mas subo logo.

Passou entre a cadeira e a porta, ajeitava apressada os cabelos, a mãe tentou acompanhar a rapidez dos seus passos, disse no limiar da porta:

– Por que a minha filha não dá uma volta pela avenida, escolhe alguma coisa para comprar, um vestido, sapatos, há uma casa aqui perto que anuncia novidades italianas.

Mariana voltou da porta do elevador, passou a mão pelo rosto dela, sorriu imperceptível:

– Não sinto vontade de comprar nada, não se preocupe, não sou mais uma menina. Eu desço e volto já.

Quando a filha sumiu ela não teve coragem de entrar, ficou ali na expectativa nervosa do regresso, esperava com fé que o retorno do elevador lhe trouxesse uma criatura novamente jovem e risonha, Mariana por certo entraria em casa rodopiando em leves passos de dança, avistara lá embaixo o aviso mágico que não teria sido mais o frágil risco de lápis-cera, mas um outro, escavado a buril em pedra viva.

– Nenhum sinal, com certeza ele anda às voltas com problemas, eu compreendo, mas amanhã ou depois ele reaparece, estou tão certa como, como...

E correra lacrimosa para se trancar mais uma vez no quarto, agora ensombrado.

Ao cair da tarde, a claridade do pôr do sol pintando de cores suaves a imensa e brumosa superfície do oceano, a empregada veio trazer o jornal e ajeitar a cadeira de rodas sob a lâmpada que ainda permanecia apagada. Ela ainda ficou alguns minutos com a cabeça jogada para trás, apoiada no encosto da cadeira, a imaginar alguma coisa que pudesse distrair a filha, um convite para que as suas colegas viessem a um encontro de música, a ideia da formação de um grupo para um passeio de fim de semana em Teresópolis, algo assim que pudesse arrancá-la daquela inútil espera, das longas horas que a estavam consumindo.

Abriu o jornal sem interesse, passou os olhos pelos títulos, não conseguia juntar as letras, era como se tivesse nas mãos um jornal velho.

Então viu quatro retratos de jovens, quatro retratos com a inexpressividade característica das pessoas mortas; leu a custo a manchete que os encimava: "Desmantelado o aparelho subversivo"; em letras menores: "Terroristas mortos ao resistirem à prisão".

Levou a mão à boca para não gritar: Cássio era um deles, era o mesmo rosto, a mesma expressão, os mesmos olhos do retrato que vira do menino ao lado de sua mãe e de seu irmão mais velho; do rapaz que fazia o vestibular entre centenas de colegas; um rosto de quem sabia que estava sendo fotografado pela última vez; sob o clichê uma legenda breve, lacônica: "O *Pedro*, um dos mortos no aparelho da Tijuca".

Olhou instintivamente para a porta do corredor interno e deparou com Mariana a observá-la tensa, contraída. Escondeu o jornal amassado entre o corpo e o braço da cadeira e mal conseguiu articular algumas palavras:

– Que faz a minha filha aí? Pensei que estivesse no quarto, descansando.

Mariana caminhou para junto dela, acercou-se meiga e num gesto brusco arrancou o jornal que fora escondido. A mãe ainda tentou tirar-lhe o jornal:

– Não há nada, minha filha, afinal por que isso?

Então as lágrimas brotaram grossas dos seus olhos, sussurrou:

– Minha filha, é tarde para saber!

Mariana aproximou-se da janela, abriu a primeira página, leu com dificuldade a notícia, viu o retrato de Cássio; ela agora estava com as mãos em garra, a perfurar o jornal.

A mãe rodou a cadeira apressada, Mariana fugiu para o quarto, ela foi atrás e a meio caminho viu que a filha voltava a correr com alguma coisa na mão fechada, gritou lancinante, não conseguiu impedir que Mariana abrisse a porta, de um safanão, e que descesse com a rapidez de uma pessoa decidida a praticar um gesto desesperado.

A empregada surgiu atarantada na porta da copa, correu para a senhora que parecia querer levantar-se da cadeira, que em vão tentava movê-la do lugar onde estava, que havia perdido a voz e só podia apontar a saída, olhos esbugalhados, o corpo a tremer como alguém que estivesse atacado de maleita, febre alta.

Mariana chegou ao rés do chão, caminhou resoluta para a porta envidraçada que dava para a rua – e que era como um fim de túnel que se abria para a tarde dourada –, desceu os poucos degraus, ajoelhou-se no mosaico da calçada, junto à soleira, riscou com o lápis-cera que trouxera preso entre os dedos crispados uma cruz, e abraçando a cruz um círculo trêmulo.

Ergueu-se em paz consigo mesma, olhou em redor e viu que muitas pessoas haviam parado, curiosas. Entrou, chamou o elevador, subiu, e enquanto subia tratava de cerrar os dentes e assim reencontrou a mãe que ainda lá estava, busto erecto, muda, uma sombra recortada na porta.

– Deixei para ele o último aviso, mãe. Foi o combinado.

SUMÁRIO BIOBIBLIOGRÁFICO

Josué Marques Guimarães nasceu em São Jerônimo, no Rio Grande do Sul, em 7 de janeiro de 1921. No ano seguinte sua família mudou-se para a cidade de Rosário do Sul, onde seu pai, um pastor da Igreja Episcopal Brasileira, exercia as funções de telegrafista. Após a Revolução de 30 sua família foi para Porto Alegre, onde Josué Guimarães prosseguiu os estudos primários, completando o curso secundário no Ginásio Cruzeiro do Sul, mesma escola onde estudou o escritor Erico Verissimo.

Em 1939 foi para o Rio de Janeiro onde, no *Correio da Manhã*, iniciou-se na profissão de jornalista que exerceria até o final da sua vida. Com a entrada do Brasil na Segunda Guerra, voltou para o Rio Grande, onde concluiu o curso de oficial da reserva, sendo designado para servir como aspirante no 7º R.C.I. em Santana do Livramento. Alistou-se como voluntário na FEB (Força Expedicionária Brasileira), mas foi recusado por ser casado. De volta à imprensa, segue na carreira que o faria passar pelos principais jornais e revistas do país. Trabalhou em inúmeras funções, de repórter a diretor de jornal, passando por secretário de redação, colunista, comentarista, cronista, editorialista, ilustrador, diagramador e repórter político. Quando morreu, em 1986, era o diretor da sucursal da *Folha de São Paulo* em Porto Alegre. Atuou como correspondente especial no Extremo Oriente em 1952 (União Soviética e China Continental) e de 1974 a 1976 como correspondente da empresa jornalística Caldas Júnior em Portugal e na África.

Como homem público foi chefe de gabinete de João Goulart na Secretaria de Justiça do Rio Grande, governo Ernesto Dornelles; foi vereador em Porto Alegre pela bancada do PTB, sendo eleito vice-presidente da Câmara. De 1961 até 1964 foi diretor da Agência Nacional, hoje Empresa Brasileira de Notícias, a convite do então presidente João Goulart. A partir de 1964, perseguido pelo regime autoritário, foi obrigado a escrever sob pseudônimo e a dar consultoria para empresas privadas nas áreas comercial e publicitária.

Josué Guimarães lançou-se tardiamente – aos 49 anos – no ofício que o consagraria como um dos maiores escritores do país. Seu primeiro livro foi *Os Ladrões*, reunindo contos, entre os quais o conto que dá nome ao livro, premiado no então importante Concurso de Contos do Paraná (este concurso promovido pelo Governo do Paraná foi, nas décadas de 1960 e 1970, o mais importante concurso literário do país, consagrando e lançando autores como Rubem Fonseca, Dalton Trevisan, João Antônio, além de muitos outros).

Sua obra – escrita em pouco menos de 20 anos – destaca-se como um acervo importante e fundamental. Democrata e humanista ferrenho, Josué Guimarães foi sistematicamente perseguido pela ditadura e os poderosos de plantão, mantendo uma admirável coerência que acabou por alijá-lo do *meio cultural* oficial. Depois de Erico Verissimo é, sem dúvida, o escritor mais importante da história recente do Rio Grande e um dos mais influentes e importantes do país. *A ferro e fogo I* (Tempo de solidão) e *A ferro e fogo II* (Tempo de guerra) – deixou o terceiro e último volume (Tempo de angústia) inconcluso – são romances clássicos da literatura brasileira e sua *obra-prima*, as únicas obras de ficção realmente importantes que abordam a saga da colonização alemã no Brasil. A tão sonhada trilogia, que Josué não conseguiu concluir, é um romance de enorme dimensão artística, pela construção de seus personagens, emoção da trama e a dureza dos tempos que como poucos ele soube retratar com emocionante realismo. Dentro da vertente do romance histórico, Josué voltaria ao tema em *Camilo Mortágua*, fazendo um verdadeiro *corte* na sociedade gaúcha *pós-rural*, inaugurando uma trilha que mais tarde seria seguida por outros bons autores.

Seu livro *Dona Anja* foi traduzido para o espanhol e publicado pela Edivisión Editoriales, México, sob o título de *Doña Angela*. Por ocasião dos eventos que lembraram os 80 anos do autor foi publicado postumamente o livro de viagens *As muralhas de Jericó*, sobre sua experiência da China e União Soviética nos anos 50.

Deixou quatro filhos do primeiro casamento e dois filhos do segundo. Morreu no dia 23 de março de 1986.

Obras publicadas:

Os ladrões – contos (Ed. Forum), 1970

A ferro e fogo I (Tempo de solidão) – romance (L&PM EDITORES), 1972

A ferro e fogo II (Tempo de guerra) – romance (L&PM EDITORES), 1973

Depois do último trem – novela (L&PM EDITORES, 1973; **L**&**PM** POCKET, 2007)

Lisboa urgente – crônicas (Civ. Brasileira), 1975

Tambores silenciosos – romance (Ed. Globo – Prêmio Erico Verissimo de romance), 1976 – (L&PM EDITORES), 1991

É tarde para saber – romance (L&PM EDITORES, 1977; **L**&**PM** POCKET, 2003)

Dona Anja – romance (L&PM EDITORES, 1978; **L**&**PM** POCKET, 2007)

Enquanto a noite não chega – romance (L&PM EDITORES, 1978; **L**&**PM** POCKET, 1997)

O cavalo cego – contos (Ed. Globo), 1979, (L&PM EDITORES, 1995; **L**&**PM** POCKET, 2007)

O gato no escuro – contos (L&PM EDITORES, 1982; **L**&**PM** POCKET, 2001)

Camilo Mortágua – romance (L&PM EDITORES), 1980

Um corpo estranho entre nós dois – teatro (L&PM EDITORES), 1983

Garibaldi & Manoela (Amor de Perdição) – romance (L&PM EDITORES, 1986; **L**&**PM** POCKET, 2002)

As muralhas de Jericó (Memórias de viagem: União Soviética e China nos anos 50) – (L&PM EDITORES), 2000

INFANTIS (TODOS PELA L&PM EDITORES):

A casa das quatro luas – 1979
Era uma vez um reino encantado – 1980
Xerloque da Silva em "O rapto da Doroteia" – 1982
Xerloque da Silva em "Os ladrões da meia noite" – 1983
Meu primeiro dragão – 1983
A última bruxa – 1987

Coleção **L&PM** POCKET (Lançamentos mais recentes)

936(21).**Marilyn Monroe** – Anne Plantagenet
937.**China moderna** – Rana Mitter
938.**Dinossauros** – David Norman
939.**Louca por homem** – Claudia Tajes
940.**Amores de alto risco** – Walter Riso
941.**Jogo de damas** – David Coimbra
942.**Filha é filha** – Agatha Christie
943.**M ou N?** – Agatha Christie
945.**Bidu: diversão em dobro!** – Mauricio de Sousa
946.**Fogo** – Anaïs Nin
947.**Rum: diário de um jornalista bêbado** – Hunter Thompson
948.**Persuasão** – Jane Austen
949.**Lágrimas na chuva** – Sergio Faraco
950.**Mulheres** – Bukowski
951.**Um pressentimento funesto** – Agatha Christie
952.**Cartas na mesa** – Agatha Christie
954.**O lobo do mar** – Jack London
955.**Os gatos** – Patricia Highsmith
956(22).**Jesus** – Christiane Rancé
957.**História da medicina** – William Bynum
958.**O Morro dos Ventos Uivantes** – Emily Brontë
959.**A filosofia na era trágica dos gregos** – Nietzsche
960.**Os treze problemas** – Agatha Christie
961.**A massagista japonesa** – Moacyr Scliar
963.**Humor do miserê** – Nani
964.**Todo o mundo tem dúvida, inclusive você** – Édison de Oliveira
965.**A dama do Bar Nevada** – Sergio Faraco
969.**O psicopata americano** – Bret Easton Ellis
970.**Ensaios de amor** – Alain de Botton
971.**O grande Gatsby** – F. Scott Fitzgerald
972.**Por que não sou cristão** – Bertrand Russell
973.**A Casa Torta** – Agatha Christie
974.**Encontro com a morte** – Agatha Christie
975(23).**Rimbaud** – Jean-Baptiste Baronian
976.**Cartas na rua** – Bukowski
977.**Memória** – Jonathan K. Foster
978.**A abadia de Northanger** – Jane Austen
979.**As pernas de Úrsula** – Claudia Tajes
980.**Retrato inacabado** – Agatha Christie
981.**Solanin (1)** – Inio Asano
982.**Solanin (2)** – Inio Asano
983.**Aventuras de menino** – Mitsuru Adachi
984(16).**Fatos & mitos sobre sua alimentação** – Dr. Fernando Lucchese
985.**Teoria quântica** – John Polkinghorne
986.**O eterno marido** – Fiódor Dostoiévski
987.**Um safado em Dublin** – J. P. Donleavy
988.**Mirinha** – Dalton Trevisan
989.**Akhenaton e Nefertiti** – Carmen Seganfredo e A. S. Franchini
990.**On the Road – o manuscrito original** – Jack Kerouac
991.**Relatividade** – Russell Stannard
992.**Abaixo de zero** – Bret Easton Ellis
993(24).**Andy Warhol** – Mériam Korichi
995.**Os últimos casos de Miss Marple** – Agatha Christie
996.**Nico Demo: Aí vem encrenca** – Mauricio de Sousa
998.**Rousseau** – Robert Wokler
999.**Noite sem fim** – Agatha Christie
1000.**Diários de Andy Warhol (1)** – Editado por Pat Hackett
1001.**Diários de Andy Warhol (2)** – Editado por Pat Hackett
1002.**Cartier-Bresson: o olhar do século** – Pierre Assouline
1003.**As melhores histórias da mitologia: vol. 1** – A.S. Franchini e Carmen Seganfredo
1004.**As melhores histórias da mitologia: vol. 2** – A.S. Franchini e Carmen Seganfredo
1005.**Assassinato no beco** – Agatha Christie
1006.**Convite para um homicídio** – Agatha Christie
1008.**História da vida** – Michael J. Benton
1009.**Jung** – Anthony Stevens
1010.**Arsène Lupin, ladrão de casaca** – Maurice Leblanc
1011.**Dublinenses** – James Joyce
1012.**120 tirinhas da Turma da Mônica** – Mauricio de Sousa
1013.**Antologia poética** – Fernando Pessoa
1014.**A aventura de um cliente ilustre** ***seguido de*** **O último adeus de Sherlock Holmes** – Sir Arthur Conan Doyle
1015.**Cenas de Nova York** – Jack Kerouac
1016.**A corista** – Anton Tchékhov
1017.**O diabo** – Leon Tolstói
1018.**Fábulas chinesas** – Sérgio Capparelli e Márcia Schmaltz
1019.**O gato do Brasil** – Sir Arthur Conan Doyle
1020.**Missa do Galo** – Machado de Assis
1021.**O mistério de Marie Rogêt** – Edgar Allan Poe
1022.**A mulher mais linda da cidade** – Bukowski
1023.**O retrato** – Nicolai Gogol
1024.**O conflito** – Agatha Christie
1025.**Os primeiros casos de Poirot** – Agatha Christie
1027(25).**Beethoven** – Bernard Fauconnier
1028.**Platão** – Julia Annas
1029.**Cleo e Daniel** – Roberto Freire
1030.**Til** – José de Alencar
1031.**Viagens na minha terra** – Almeida Garrett
1032.**Profissões para mulheres e outros artigos feministas** – Virginia Woolf
1033.**Mrs. Dalloway** – Virginia Woolf
1034.**O cão da morte** – Agatha Christie
1035.**Tragédia em três atos** – Agatha Christie
1037.**O fantasma da Ópera** – Gaston Leroux
1038.**Evolução** – Brian e Deborah Charlesworth
1039.**Medida por medida** – Shakespeare
1040.**Razão e sentimento** – Jane Austen
1041.**A obra-prima ignorada** ***seguido de*** **Um episódio durante o Terror** – Balzac

1042.**A fugitiva** – Anaïs Nin
1043.**As grandes histórias da mitologia greco-romana** – A. S. Franchini
1044.**O corno de si mesmo & outras historietas** – Marquês de Sade
1045.**Da felicidade** *seguido de* **Da vida retirada** – Sêneca
1046.**O horror em Red Hook e outras histórias** – H. P. Lovecraft
1047.**Noite em claro** – Martha Medeiros
1048.**Poemas clássicos chineses** – Li Bai, Du Fu e Wang Wei
1049.**A terceira moça** – Agatha Christie
1050.**Um destino ignorado** – Agatha Christie
1051(26).**Buda** – Sophie Royer
1052.**Guerra Fria** – Robert J. McMahon
1053.**Simons's Cat: as aventuras de um gato travesso e comilão – vol. 1** – Simon Tofield
1054.**Simons's Cat: as aventuras de um gato travesso e comilão – vol. 2** – Simon Tofield
1055.**Só as mulheres e as baratas sobreviverão** – Claudia Tajes
1057.**Pré-história** – Chris Gosden
1058.**Pintou sujeira!** – Mauricio de Sousa
1059.**Contos de Mamãe Gansa** – Charles Perrault
1060.**A interpretação dos sonhos: vol. 1** – Freud
1061.**A interpretação dos sonhos: vol. 2** – Freud
1062.**Frufru Rataplã Dolores** – Dalton Trevisan
1063.**As melhores histórias da mitologia egípcia** – Carmem Seganfredo e A.S. Franchini
1064.**Infância. Adolescência. Juventude** – Tolstói
1065.**As consolações da filosofia** – Alain de Botton
1066.**Diários de Jack Kerouac – 1947-1954**
1067.**Revolução Francesa – vol. 1** – Max Gallo
1068.**Revolução Francesa – vol. 2** – Max Gallo
1069.**O detetive Parker Pyne** – Agatha Christie
1070.**Memórias do esquecimento** – Flávio Tavares
1071.**Drogas** – Leslie Iversen
1072.**Manual de ecologia (vol.2)** – J. Lutzenberger
1073.**Como andar no labirinto** – Affonso Romano de Sant'Anna
1074.**A orquídea e o serial killer** – Juremir Machado da Silva
1075.**Amor nos tempos de fúria** – Lawrence Ferlinghetti
1076.**A aventura do pudim de Natal** – Agatha Christie
1078.**Amores que matam** – Patricia Faur
1079.**Histórias de pescador** – Mauricio de Sousa
1080.**Pedaços de um caderno manchado de vinho** – Bukowski
1081.**A ferro e fogo: tempo de solidão (vol.1)** – Josué Guimarães
1082.**A ferro e fogo: tempo de guerra (vol.2)** – Josué Guimarães
1084(17).**Desembarcando o Alzheimer** – Dr. Fernando Lucchese e Dra. Ana Hartmann
1085.**A maldição do espelho** – Agatha Christie
1086.**Uma breve história da filosofia** – Nigel Warburton
1088.**Heróis da História** – Will Durant
1089.**Concerto campestre** – L. A. de Assis Brasil
1090.**Morte nas nuvens** – Agatha Christie
1092.**Aventura em Bagdá** – Agatha Christie
1093.**O cavalo amarelo** – Agatha Christie
1094.**O método de interpretação dos sonhos** – Freud
1095.**Sonetos de amor e desamor** – Vários
1096.**120 tirinhas do Dilbert** – Scott Adams
1097.**200 fábulas de Esopo**
1098.**O curioso caso de Benjamin Button** – F. Scott Fitzgerald
1099.**Piadas para sempre: uma antologia para morrer de rir** – Visconde da Casa Verde
1100.**Hamlet (Mangá)** – Shakespeare
1101.**A arte da guerra (Mangá)** – Sun Tzu
1104.**As melhores histórias da Bíblia (vol.1)** – A. S. Franchini e Carmen Seganfredo
1105.**As melhores histórias da Bíblia (vol.2)** – A. S. Franchini e Carmen Seganfredo
1106.**Psicologia das massas e análise do eu** – Freud
1107.**Guerra Civil Espanhola** – Helen Graham
1108.**A autoestrada do sul e outras histórias** – Julio Cortázar
1109.**O mistério dos sete relógios** – Agatha Christie
1110.**Peanuts: Ninguém gosta de mim... (amor)** – Charles Schulz
1111.**Cadê o bolo?** – Mauricio de Sousa
1112.**O filósofo ignorante** – Voltaire
1113.**Totem e tabu** – Freud
1114.**Filosofia pré-socrática** – Catherine Osborne
1115.**Desejo de status** – Alain de Botton
1118.**Passageiro para Frankfurt** – Agatha Christie
1120.**Kill All Enemies** – Melvin Burgess
1121.**A morte da sra. McGinty** – Agatha Christie
1122.**Revolução Russa** – S. A. Smith
1123.**Até você, Capitu?** – Dalton Trevisan
1124.**O grande Gatsby (Mangá)** – F. S. Fitzgerald
1125.**Assim falou Zaratustra (Mangá)** – Nietzsche
1126. **Peanuts: É para isso que servem os amigos (amizade)** – Charles Schulz
1127(27).**Nietzsche** – Dorian Astor
1128.**Bidu: Hora do banho** – Mauricio de Sousa
1129.**O melhor do Macanudo Taurino** – Santiago
1130.**Radicci 30 anos** – Iotti
1131.**Show de sabores** – J.A. Pinheiro Machado
1132.**O prazer das palavras** – vol. 3 – Cláudio Moreno
1133.**Morte na praia** – Agatha Christie
1134.**O fardo** – Agatha Christie
1135.**Manifesto do Partido Comunista (Mangá)** – Marx & Engels
1136.**A metamorfose (Mangá)** – Franz Kafka
1137.**Por que você não se casou... ainda** – Tracy McMillan
1138.**Textos autobiográficos** – Bukowski
1139.**A importância de ser prudente** – Oscar Wilde
1140.**Sobre a vontade na natureza** – Arthur Schopenhauer
1141.**Dilbert (8)** – Scott Adams
1142.**Entre dois amores** – Agatha Christie
1143.**Cipreste triste** – Agatha Christie
1144.**Alguém viu uma assombração?** – Mauricio de Sousa

1145.**Mandela** – Elleke Boehmer
1146.**Retrato do artista quando jovem** – James Joyce
1147.**Zadig ou o destino** – Voltaire
1148.**O contrato social (Mangá)** – J.-J. Rousseau
1149.**Garfield fenomenal** – Jim Davis
1150.**A queda da América** – Allen Ginsberg
1151.**Música na noite & outros ensaios** – Aldous Huxley
1152.**Poesias inéditas & Poemas dramáticos** – Fernando Pessoa
1153.**Peanuts: Felicidade é...** – Charles M. Schulz
1154.**Mate-me por favor** – Legs McNeil e Gillian McCain
1155.**Assassinato no Expresso Oriente** – Agatha Christie
1156.**Um punhado de centeio** – Agatha Christie
1157.**A interpretação dos sonhos (Mangá)** – Freud
1158.**Peanuts: Você não entende o sentido da vida** – Charles M. Schulz
1159.**A dinastia Rothschild** – Herbert R. Lottman
1160.**A Mansão Hollow** – Agatha Christie
1161.**Nas montanhas da loucura** – H.P. Lovecraft
1162(28).**Napoleão Bonaparte** – Pascale Fautrier
1163.**Um corpo na biblioteca** – Agatha Christie
1164.**Inovação** – Mark Dodgson e David Gann
1165.**O que toda mulher deve saber sobre os homens: a afetividade masculina** – Walter Riso
1166.**O amor está no ar** – Mauricio de Sousa
1167.**Testemunha de acusação & outras histórias** – Agatha Christie
1168.**Etiqueta de bolso** – Celia Ribeiro
1169.**Poesia reunida (volume 3)** – Affonso Romano de Sant'Anna
1170.**Emma** – Jane Austen
1171.**Que seja em segredo** – Ana Miranda
1172.**Garfield sem apetite** – Jim Davis
1173.**Garfield: Foi mal...** – Jim Davis
1174.**Os irmãos Karamázov (Mangá)** – Dostoiévski
1175.**O Pequeno Príncipe** – Antoine de Saint-Exupéry
1176.**Peanuts: Ninguém mais tem o espírito aventureiro** – Charles M. Schulz
1177.**Assim falou Zaratustra** – Nietzsche
1178.**Morte no Nilo** – Agatha Christie
1179.**Ê, soneca boa** – Mauricio de Sousa
1180.**Garfield a todo o vapor** – Jim Davis
1181.**Em busca do tempo perdido (Mangá)** – Proust
1182.**Cai o pano: o último caso de Poirot** – Agatha Christie
1183.**Livro para colorir e relaxar** – Livro 1
1184.**Para colorir sem parar**
1185.**Os elefantes não esquecem** – Agatha Christie
1186.**Teoria da relatividade** – Albert Einstein
1187.**Compêndio da psicanálise** – Freud
1188.**Visões de Gerard** – Jack Kerouac
1189.**Fim de verão** – Mohiro Kitoh
1190.**Procurando diversão** – Mauricio de Sousa
1191.**E não sobrou nenhum e outras peças** – Agatha Christie
1192.**Ansiedade** – Daniel Freeman & Jason Freeman
1193.**Garfield: pausa para o almoço** – Jim Davis
1194.**Contos do dia e da noite** – Guy de Maupassant
1195.**O melhor de Hagar 7** – Dik Browne
1196(29).**Lou Andreas-Salomé** – Dorian Astor
1197(30).**Pasolini** – René de Ceccatty
1198.**O caso do Hotel Bertram** – Agatha Christie
1199.**Crônicas de motel** – Sam Shepard
1200.**Pequena filosofia da paz interior** – Catherine Rambert
1201.**Os sertões** – Euclides da Cunha
1202.**Treze à mesa** – Agatha Christie
1203.**Bíblia** – John Riches
1204.**Anjos** – David Albert Jones
1205.**As tirinhas do Guri de Uruguaiana 1** – Jair Kobe
1206.**Entre aspas (vol.1)** – Fernando Eichenberg
1207.**Escrita** – Andrew Robinson
1208.**O spleen de Paris: pequenos poemas em prosa** – Charles Baudelaire
1209.**Satíricon** – Petrônio
1210.**O avarento** – Molière
1211.**Queimando na água, afogando-se na chama** – Bukowski
1212.**Miscelânea septuagenária: contos e poemas** – Bukowski
1213.**Que filosofar é aprender a morrer e outros ensaios** – Montaigne
1214.**Da amizade e outros ensaios** – Montaigne
1215.**O medo à espreita e outras histórias** – H.P. Lovecraft
1216.**A obra de arte na era de sua reprodutibilidade técnica** – Walter Benjamin
1217.**Sobre a liberdade** – John Stuart Mill
1218.**O segredo de Chimneys** – Agatha Christie
1219.**Morte na rua Hickory** – Agatha Christie
1220.**Ulisses (Mangá)** – James Joyce
1221.**Ateísmo** – Julian Baggini
1222.**Os melhores contos de Katherine Mansfield** – Katherine Mansfied
1223(31).**Martin Luther King** – Alain Foix
1224.**Millôr Definitivo: uma antologia de *A Bíblia do Caos*** – Millôr Fernandes
1225.**O Clube das Terças-Feiras e outras histórias** – Agatha Christie
1226.**Por que sou tão sábio** – Nietzsche
1227.**Sobre a mentira** – Platão
1228.**Sobre a leitura** *seguido do* **Depoimento de Céleste Albaret** – Proust
1229.**O homem do terno marrom** – Agatha Christie
1230(32).**Jimi Hendrix** – Franck Médioni
1231.**Amor e amizade e outras histórias** – Jane Austen
1232.**Lady Susan, Os Watson e Sanditon** – Jane Austen
1233.**Uma breve história da ciência** – William Bynum
1234.**Macunaíma: o herói sem nenhum caráter** – Mário de Andrade
1235.**A máquina do tempo** – H.G. Wells

1236.**O homem invisível** – H.G. Wells
1237.**Os 36 estratagemas: manual secreto da arte da guerra** – Anônimo
1238.**A mina de ouro e outras histórias** – Agatha Christie
1239.**Pic** – Jack Kerouac
1240.**O habitante da escuridão e outros contos** – H.P. Lovecraft
1241.**O chamado de Cthulhu e outros contos** – H.P. Lovecraft
1242.**O melhor de Meu reino por um cavalo!** – Edição de Ivan Pinheiro Machado
1243.**A guerra dos mundos** – H.G. Wells
1244.**O caso da criada perfeita e outras histórias** – Agatha Christie
1245.**Morte por afogamento e outras histórias** – Agatha Christie
1246.**Assassinato no Comitê Central** – Manuel Vázquez Montalbán
1247.**O papai é pop** – Marcos Piangers
1248.**O papai é pop 2** – Marcos Piangers
1249.**A mamãe é rock** – Ana Cardoso
1250.**Paris boêmia** – Dan Franck
1251.**Paris libertária** – Dan Franck
1252.**Paris ocupada** – Dan Franck
1253.**Uma anedota infame** – Dostoiévski
1254.**O último dia de um condenado** – Victor Hugo
1255.**Nem só de caviar vive o homem** – J.M. Simmel
1256.**Amanhã é outro dia** – J.M. Simmel
1257.**Mulherzinhas** – Louisa May Alcott
1258.**Reforma Protestante** – Peter Marshall
1259.**História econômica global** – Robert C. Allen
1260(33).**Che Guevara** – Alain Foix
1261.**Câncer** – Nicholas James
1262.**Akhenaton** – Agatha Christie
1263.**Aforismos para a sabedoria de vida** – Arthur Schopenhauer
1264.**Uma história do mundo** – David Coimbra
1265.**Ame e não sofra** – Walter Riso
1266.**Desapegue-se!** – Walter Riso
1267.**Os Sousa: Uma famíla do barulho** – Mauricio de Sousa
1268.**Nico Demo: O rei da travessura** – Mauricio de Sousa
1269.**Testemunha de acusação e outras peças** – Agatha Christie
1270(34).**Dostoiévski** – Virgil Tanase
1271.**O melhor de Hagar 8** – Dik Browne
1272.**O melhor de Hagar 9** – Dik Browne
1273.**O melhor de Hagar 10** – Dik e Chris Browne
1274.**Considerações sobre o governo representativo** – John Stuart Mill
1275.**O homem Moisés e a religião monoteísta** – Freud
1276.**Inibição, sintoma e medo** – Freud
1277.**Além do princípio de prazer** – Freud
1278.**O direito de dizer não!** – Walter Riso
1279.**A arte de ser flexível** – Walter Riso
1280.**Casados e descasados** – August Strindberg
1281.**Da Terra à Lua** – Júlio Verne
1282.**Minhas galerias e meus pintores** – Kahnweiler
1283.**A arte do romance** – Virginia Woolf
1284.**Teatro completo v. 1: As aves da noite** ***seguido de*** **O visitante** – Hilda Hilst
1285.**Teatro completo v. 2: O verdugo** ***seguido de*** **A morte do patriarca** – Hilda Hilst
1286.**Teatro completo v. 3: O rato no muro** ***seguido de*** **Auto da barca de Camiri** – Hilda Hilst
1287.**Teatro completo v. 4: A empresa** ***seguido de*** **O novo sistema** – Hilda Hilst
1288.**Sapiens: Uma breve história da humanidade** – Yuval Noah Harari
1289.**Fora de mim** – Martha Medeiros
1290.**Divã** – Martha Medeiros
1291.**Sobre a genealogia da moral: um escrito polêmico** – Nietzsche
1292.**A consciência de Zeno** – Italo Svevo
1293.**Células-tronco** – Jonathan Slack
1294.**O fim do ciúme e outros contos** – Proust
1295.**A jangada** – Júlio Verne
1296.**A ilha do dr. Moreau** – H.G. Wells
1297.**Ninho de fidalgos** – Ivan Turguêniev
1298.**Jane Eyre** – Charlotte Brontë
1299.**Sobre gatos** – Bukowski
1300.**Sobre o amor** – Bukowski
1301.**Escrever para não enlouquecer** – Bukowski
1302.**222 receitas** – J. A. Pinheiro Machado
1303.**Reinações de Narizinho** – Monteiro Lobato
1304.**O Saci** – Monteiro Lobato
1305.**Memórias da Emília** – Monteiro Lobato
1306.**O Picapau Amarelo** – Monteiro Lobato
1307.**A reforma da Natureza** – Monteiro Lobato
1308.**Fábulas** ***seguido de*** **Histórias diversas** – Monteiro Lobato
1309.**Aventuras de Hans Staden** – Monteiro Lobato
1310.**Peter Pan** – Monteiro Lobato
1311.**Dom Quixote das crianças** – Monteiro Lobato
1312.**O Minotauro** – Monteiro Lobato
1313.**Um quarto só seu** – Virginia Woolf
1314.**Sonetos** – Shakespeare
1315(35).**Thoreau** – Marie Berthoumieu e Laura El Makki
1316.**Teoria da arte** – Cynthia Freeland
1317.**A arte da prudência** – Baltasar Gracián
1318.**O louco** ***seguido de*** **Areia e espuma** – Khalil Gibran
1319.**O profeta** ***seguido de*** **O jardim do profeta** – Khalil Gibran
1320.**Jesus, o Filho do Homem** – Khalil Gibran
1321.**A luta** – Norman Mailer
1322.**Sobre o sofrimento do mundo e outros ensaios** – Schopenhauer
1323.**Epidemiologia** – Rodolfo Saracci
1324.**Japão moderno** – Christopher Goto-Jones
1325.**A arte da meditação** – Matthieu Ricard
1326.**O adversário secreto** – Agatha Christie
1327.**Pollyanna** – Eleanor H. Porter

IMPRESSÃO:
PALLOTTI
GRÁFICA
Santa Maria - RS | Fone: (55) 3220.4500
www.graficapallotti.com.br